A*t*V

HANSJÖRG SCHERTENLEIB, 1957 in Zürich geboren, ist Autor zahlreicher Romane, Erzählungen, Drehbücher, Theaterstücke und Gedichte, die mit vielen Preisen ausgezeichnet wurden. Er lebt in Irland.
Bei AtV erschien 2002 sein Roman »Die Namenlosen«.

Der Erzähler, ein Mann in einem Dorf in der Schweiz, der seinem kranken Vater den Garten pflegt, beobachtet eines Tages, wie der benachbarte Apotheker, ein Schulkamerad aus früheren Tagen, mit einem Koffer in der Hand das Haus verläßt. Da der Apotheker noch nie in seinem Leben eine Reise unternommen hat, folgt ihm der Erzähler und sieht, wie er einen Zug besteigt und wegfährt – seinen Koffer jedoch absichtlich zurückläßt. Der Erzähler nimmt ihn an sich und öffnet ihn: Er enthält Stadtpläne, Landkarten, Reiseführer sowie zehn Geschichten, die an zehn verschiedenen Orten in Europa spielen. Im Verlauf der Lektüre spürt er bald, daß diese Geschichten auch seine eigene Lebenswelt widerspiegeln, und so muß er seine Beziehung zum Apotheker überdenken …

»In eindringlichen Geschichten entfaltet Schertenleib sein Können. Feinfühlig und mit der nötigen Zurückhaltung beschreibt er seine Figuren, verleiht ihnen Gestalt, ohne ihr Innenleben voyeuristisch auszubreiten. Seine Geschichten berühren in ihrem zurückhaltenden Ton.« *Der Bund*

Hansjörg Schertenleib

Von Hund zu Hund

Geschichten
aus dem Koffer des Apothekers

Aufbau Taschenbuch Verlag

Der Autor bedankt sich bei der Pro Helvetia
für die großzügige Unterstützung seiner Arbeit
an diesem Buch.

ISBN 3-7466-1912-2

1. Auflage 2003
Aufbau Taschenbuch Verlag GmbH, Berlin
© 2001 by Verlag Kiepenheuer & Witsch, Köln
Einbandgestaltung Torsten Lemme
unter Verwendung eines Entwurfes von Barbara Thoben
und eines Fotos von Sabrina Rothe
Druck Elsnerdruck GmbH, Berlin
Printed in Germany

www.aufbau-taschenbuch.de

To Sabine, again

»Even sitting in the garden
one can still get stung.«
Faithless

Er ist müde, aber das ist er schon lange. Sein Vater sitzt im Schatten der Blutbuche und sieht ihm zu, wie er den verblühten Rittersporn zurückschneidet. Auf dem Steintisch steht das Schachspiel, das er gleich nach seiner Ankunft aufgebaut hat; sein Vater braucht bloß den rechten Arm auszustrecken. Die Sonne, die durch die Bäume fällt, sprenkelt das Gesicht des alten Mannes. Die Schatten der Blätter schaukeln auf seiner Stirn wie auf der Oberfläche des Sees.

Sein Vater lebt seit sechs Jahren allein; es fällt ihm nicht leicht, sich anderen Menschen anzupassen. Er weiß, daß seine Zeit knapp geworden ist. Das macht ihn nachsichtig und sanft. Selten hebt er den Blick, wird seine Stimme laut, dabei war er fast fünfzig Jahre lang der Schulmeister des Dorfes. Es ist die Erinnerung, die nun das Leben seines Vaters leitet und bestimmt. Der Tod ist ein Ausweg aus diesen Erinnerungen. Das sei tröstlich, hat er seinem Sohn erklärt.

Sein Vater ist eingeschlafen. Das Kinn ist ihm auf die Brust gesunken, der Strohhut vom Kopf gerutscht. Bevor er sich mit der Heckenschere im unteren Teil des Gartens an die Arbeit macht, eröffnet er die Partie. Sein Vater wird es sofort bemerken, wenn er erwacht. Wird sich lächelnd über das Brett beugen und ziehen, ohne allzulange nachzudenken. Er hat nie erlebt, daß sein Vater gegen irgend jemanden verliert.

Der Wind trägt Glockengeläut über das Dorf, verlassen liegt die Straße in der Sonne. In ein paar Minuten fährt der Zug nach Luzern am Grundstück seiner Eltern vorbei. Um das zu wissen, braucht er nicht auf die Uhr zu sehen. Zuerst fangen die Gleise an zu schwingen, kaum spürbar, dann ist ein hoher Ton in der Luft, ein fernes Singen. Die Fensterscheiben in seinem früheren Kinderzimmer fangen an zu vibrieren, bevor die Lok zu sehen ist. Waggon um Waggon wird an seinem Zimmer vorbeigezogen, Fenster um Fenster, und dahinter die Gesichter der Menschen, für die er sich früher Namen ausgedacht hat, Dramen, Liebesgeschichten, Tragödien, Glücksmomente, ganze Leben.

Wie über einen Stein wandert die Sonne über seinen Vater hin. Er sieht ihm beim Schlafen zu, verborgen hinter Büschen und Bäumen, ein Dieb, der eine filterlose Zigarette raucht.

Er liegt zwischen dem Feuerahorn und der Forsythie, als er erwacht. Es ist später Nachmittag, aber immer noch so heiß, daß über den Feldern die Luft flirrt. Wenn er sich bewegt, raschelt das trockene Gras. Sieht er nicht aus wie jemand, der sich vor der Arbeit drückt? Die Schubkarre mit dem verblühten Rittersporn steht auf der Wiese, die er heute abend endlich mähen muß. Sein Vater sitzt mittlerweile auf der Veranda, dort ist er vor der Sonne sicher. Wenn er sich in einen der Bildbände über die Sahara beugt, die aufgeschlagen vor ihm liegen, verschwindet sein schlohweißer Schopf hinter dem Stützbalken. Seit ein paar Wochen interessiert sich sein Vater für die Wüste. Davor waren es die Antarktis, der Regenwald, das Leben des Indianerhäuptlings Sitting Bull, die Savanne und Dinge, an die er sich beim besten Willen nicht erinnern kann. Das Schachbrett steht verlassen auf dem

Steintisch, einer der Türme funkelt im Licht, glüht auf, erlischt.

Er kriecht auf allen vieren durch die Sträucher, streift Blätter von den Ästen, wie er es als Junge getan hat. Schließlich kauert er vor der hohen Mauer, die ihr Grundstück von der Dorfstraße abgrenzt. Jetzt muß er nur noch die Trittlöcher finden, dann kann er sich an den grobgefügten Steinen hochziehen und auf die Mauer schwingen. Regnet es, riechen die Steine modrig; früher hat ihm dieser Geruch angst gemacht. Er erinnert sich an den Schauer, der ihm über Nacken und Rücken fuhr.

An der Stelle, an der die beiden Hängeeschen ihre Äste wie Schirme über die Mauer breiten, hat er sich früher auf einen Backstein gesetzt, um die Fahrgäste in den Zügen zu beobachten, Autos zu zählen oder um darauf zu warten, daß sich etwas rührt im Haus des Apothekers auf der anderen Straßenseite. Der Backstein ist verschwunden, aber es ist ihm ohnehin zu beschwerlich, sich auf der Mauerkrone hinzuhocken. Hätten die Eschen ihre Blätter bereits verloren, könnte jedermann sehen, wie er sich an den Ästen festhält und sich schämt, weil Männer in seinem Alter nichts auf Mauern zu suchen haben.

Über dem Seespiegel verwandelt sich das fahle Licht in leuchtendes Blau. Das Kursschiff könnte auch eine Flasche sein, so unscheinbar ist es. Wie die Treibhölzer, die er mit Zahnstochern und Stoffetzen zu Segelbooten machte. Das Haus des Apothekers ist protzig, früher hat ihm das gefallen. Auf dem First der mittleren Lukarne steckt ein Wetterhahn aus Blech, der klappert, wenn der Westwind geht. Darunter befindet sich das Fenster, hinter dem die Frau des Apothekers ihre Gymnastikübungen machte. Nackt hat er sie nie gesehen, das nicht. Hätte er damals verstanden, daß sie die Vorhänge nur für ihn aufschlug, der hinter dem Blätterschirm auf der Mauer saß, hätte er sich niemals getraut, Xaver, den Sohn des Apothekers, der mit ihm zur Schule ging, in dessen Elternhaus zu besuchen.

Der Apotheker und seine Frau sind seit vielen Jahren tot. Ihr Wohnmobil geriet in Norwegen von einer Küstenstraße, durchschlug die Leitplanke und versank im Meer. Das Gerücht, der Apotheker sei schwer krank gewesen und darum freiwillig mit seiner Frau aus dem Leben geschieden, hat viele Monate die Runde gemacht. Ihre Särge sind an einem schwülen Julitag in die Erde gesenkt worden, damals hat er sich zum letzten Mal mit Xaver unterhalten.

Er geht in die Knie, stützt sich mit beiden Händen ab, die Mauer ist ihm zu hoch. Steht tatsächlich jemand am Fenster des Zimmers neben der Eingangstür der Apotheke? Das Holz der Fensterläden ist im Lauf der Jahre brüchig geworden, unter der Regenrinne platzt der Putz von der Fassade. Das Haus des Apothekers ist gealtert, fast sieht es aus, als sitze es schief auf der Erde, neige sich erschöpft dem See zu. Wie gelingt es Xaver bloß, die vielen Zimmer mit Leben zu erfüllen? Nach dem Tod seiner Eltern hat er die Apotheke übernommen, aber er hat nie geheiratet. Sind wirklich sechzehn Jahre vergangen, seit sie zum letzten Mal miteinander geredet haben? Xaver stand neben der ausgehobenen Grube und grinste, weil er nicht wußte, was er mit seinem Gesicht anfangen sollte. Die Schultern seines schwarzen Jacketts waren mit Schuppen bedeckt, als habe es mitten im Sommer geschneit.

Jetzt ist er sicher, daß jemand am Fenster steht und beobachtet, wie er auf der Mauer kauert und das Haus beobachtet: Der Mann tritt ins Zimmer zurück, die Silhouette verschwindet.

Xaver tritt aus dem Haus und bleibt eine Weile in der offenen Tür stehen, als wolle er ihm die Gelegenheit geben, ihn zu erkennen. Den Koffer, den er dabeihat, gibt er erst aus der Hand, als er sich umdreht, um die Tür abzuschließen. Xaver hat noch mehr Gewicht zugelegt. Sein Rücken ist unförmig, sein Hals kurz und feist. Der Koffer aus genarbtem Leder hat die Farbe von nassem Sand.

Er kauert auf der Mauer und kommt sich vor wie ein Attentäter. Es sind höchstens zwanzig Meter, die ihn von seinem früheren Schulkameraden trennen. Soll er sich bemerkbar machen? Aufstehen und winken, Xavers Namen über die Straße rufen? Statt dessen macht er sich klein, stützt sich mit beiden Händen ab und hält den Atem an. Er sieht aus wie jemand, der etwas sucht, etwas Winzigkleines. Was tut er hier? Was soll er auf diese Frage antworten, wenn sie ihm gestellt wird?

Xaver trägt Anzug und Krawatte, trotz der Hitze. Er nimmt den Koffer, schwingt ihn drei-, viermal hin und her und tritt aufs Trottoir. Bevor er sich in Bewegung setzt, läßt er seinen Blick über die Mauer schweifen. Es ist offensichtlich, was er damit bezweckt: Er will seinem früheren Schulfreund zeigen, daß er ihn gesehen hat, ihn aber nicht zur Rede stellen wird. Weshalb nicht?

Xaver schüttelt den Kopf, als mache er sich über den Mauerhocker lustig, dann geht er schwerfällig Richtung Dorf. Er sieht aus wie jemand, der verfolgt werden möchte. Will Xaver verreisen? Man weiß doch, daß er noch nie eine Reise gemacht hat. Nie. Auch darüber ist ausgiebig geredet worden im Dorf. Der einzige Sohn des Apothekers, der seit dem Tod seiner Eltern allein in deren ehemaligem Haus lebt, die Apotheke weiterführt und das Seetal nie mehr verlassen hat, ist an vielen Stammtischen Gesprächsthema gewesen. Die Hitze macht den Asphalt zur gleißenden Bahn, die dem See entlang aus dem

11

Tal führt. Xavers Füße lösen sich auf, verschwimmen. Seine Beine tanzen, jetzt schwebt er.

Um keine Zeit zu verlieren, will er von der Mauer springen. Aber dann fällt ihm ein, wie er als Zwölfjähriger auf dem Streifen verdorrten Grases landete, mit beiden Füßen einknickte, vornüberkippte, über die Böschung fiel und rücklings auf dem groben Kies des Bahndamms lag und verzweifelt nach Luft schnappte.

Er klettert von der Mauer und läuft durch den Garten seines Vaters, so schnell er kann. Er läuft geduckt, im Schutz der Büsche und Bäume. Als er auf die Straße hinauskommt, ist das Trottoir leer. Das ist der Vorsprung, den Xaver sich erlaubt. Die gleiche Strecke sind sie früher zusammen gegangen, niemand legt den Schulweg gern allein zurück. Der Asphalt ist weich, zäh. Der Himmel blank.

Der Bahnhof liegt mitten im Dorf, der Koffer steht verlassen auf dem Vorplatz. Rasselnd schwingen sich die Schranken durch die Luft, sperren das Trassee für den Abendzug nach Lenzburg. Er muß die Unterführung nehmen. Es klingt, als liefen mehrere Männer durch den kühlen Tunnel, die Betonwände werfen seine Schritte zurück, vervielfachen sie.

Es riecht nach Rost und Bremsstaub, wie auf allen Bahnhöfen. Xaver steht am Billettschalter, zeigt ihm den breiten Rücken. Der Koffer ist schäbig, sein Schatten hat die Form eines Bügeleisens. Xaver gibt ihm die Zeit, hinter einen Eisenträger zu schlüpfen, dann tritt er auf den Vorplatz und schwenkt einen Umschlag, der zu groß ist für eine einzige Fahrkarte. Die Sonne brennt Feuersäume auf Dachfirste. Bald fährt der Zug ein. Es ist an Xaver, den Schulfreund anzusprechen, keine fünf Schritt stehen sie voneinander entfernt.

Er würde Xavers Stimme gerne hören. Diese Stimme, die er nie ausstehen konnte, weil sie ihn irritierte, dünn und hoch wie sie war. Sie paßte nicht in Xavers schweren Jungenkörper. Genausowenig wie sein Lachen zu seinen Hamsterbacken und seinen schwabbeligen Armen und Beinen paßte. Xaver redete wie ein Mädchen, lachte wie ein Mädchen.

Aber Xaver schweigt.

Der Zug ist beinahe leer. Der Arm des Lokführers hängt aus dem Fensterchen, die Finger bewegen sich, als gebe er Zeichen. Xaver zögert, dann gibt er sich einen Ruck und steigt in den zweithintersten Wagen, ohne sich umzusehen.

Und erst jetzt, da Xaver gleich im ersten Abteil Platz genommen hat, hebt er den Blick, und die beiden Männer sehen sich an. Xaver lächelt; aber er müßte nicht mit dem Zeigefinger auf seinen Koffer zeigen, der immer noch auf dem Vorplatz steht.

Als sich der Zug endlich in Bewegung setzt, heben beide gleichzeitig die Hand. Was sagt Xaver zum Abschied? Es sind vier Worte, die sein Mund hinter den verschmierten Scheiben formt. Aber welche? Der fahrende Zug verdeckt die Sonne, zwischen den einzelnen Waggons jedoch blitzt sie auf den Vorplatz, wieder und wieder, und er steht da mit zusammengekniffenen Augen und zählt, zählt bis fünfzig, wie früher, als sie Verstecken spielten und er sich vorstellte, wohin Xaver wohl rannte, um sich vor ihm zu verbergen, obwohl er doch unbedingt gefunden werden wollte.

Sein Vater schläft. Auf dem Tisch vor ihm liegt ein Papierknäuel, eine Seite, die er wohl erst vor kurzem zusammengeknüllt hat, denn sie öffnet sich, als er den Koffer an ihm vorbeiträgt.

Er steigt bis unters Dach und schließt die Tür hinter sich. Das Zimmer war früher sein Jungenzimmer. Er kennt jeden

Riß in der Tapete, jeden Fleck, jeden Winkel. Kennt den Balken vor dem Fenster, an dem man sich so leicht den Kopf stößt. Um den Koffer zu öffnen, legt er ihn aufs Bett. Er schlägt den Deckel zurück und wundert sich über den Geruch, der ihm entgegenschlägt: Das Innere des Koffers riecht nach Hyazinthen.

Er hat wirklich nicht erwartet, Kleidungsstücke zu finden. Trotzdem ist er erstaunt: Der Koffer enthält Landkarten von Portugal, Deutschland, Schottland, Irland, Skandinavien und von der Insel Elba; Stadtpläne von London, Lissabon, Barcelona, Perpignan und Magdeburg; Reiseführer der Hebriden, von Norwegen und der Schweiz; eine Kassette mit unbeschrifteter Hülle; einen Stapel Klarsichtmäppchen, der mit dicken Gummibändern zusammengehalten wird, sowie ein quadratisches Holzkästchen, das in ein schwarzes Samttuch gewickelt ist und das er für eine Musikdose hält.

Es gelingt ihm nicht, die Gummibänder zu lösen, die die Klarsichtmäppchen zusammenhalten, er muß in die Küche hinunter, um ein Messer zu holen. Sein Vater schläft immer noch. Wenn er ausatmet, gibt er ein leises Gurgeln von sich, das ihn erst erschreckt, nach einer Weile aber traurig macht. Es klingt schutzlos und erinnert ihn an seine eigene Tochter, als sie noch so klein war, daß sie daran glaubte, er könne sie beschützen. Er denkt daran, seinen Vater zu wecken, um ihm vom Sohn des Apothekers zu erzählen, aber dann holt er ein Messer aus der Küche und steigt in sein Zimmer zurück, das von der Sonne aufgeheizt ist wie das Glashaus, in dem seine Mutter früher Tomaten zog.

In jedem der zehn Klarsichtmäppchen steckt eine mit Schreibmaschine getippte Geschichte. Er will nicht darüber nachdenken, wer sie geschrieben hat. Er nimmt das erste Mäppchen vom Stapel, legt sich auf sein Jungenbett und beginnt zu lesen:

Manuel Reis suchte nach einem leeren Abteil, denn er hatte keine Lust, sich mit jemandem zu unterhalten. Im Lauf der Jahre war sein Körper unberechenbar geworden und ließ sich die verschiedensten Beschwerden einfallen. Heute zum Beispiel bekam er kaum Luft. Am Ende des zweiten Wagens mußte er stehenbleiben, um nach Atem zu ringen. Und weil die Ledertaschen mit den Musterbüchern so schwer waren, schmerzten ihn beide Arme. Normalerweise war Manuel Reis mit dem eigenen Auto unterwegs. Er parkte immer auf dem Gehsteig direkt vor den Geschäften, die er besuchte, ohne sich um die wütenden Kommentare der Fußgänger zu kümmern. Er verabscheute es, mit dem Zug zu reisen, und dachte mit Entsetzen an den weiten Weg, den er in Pombal würde gehen müssen.

Seit Wochen war es so heiß, daß Manuel Reis von Regenschauern und Gewittern träumte. Er setzte sich jeden Morgen für ein paar Minuten nackt an das offene Fenster seines Schlafzimmers und betrachtete die Menschen, die auf dem Weg zur Arbeit waren oder ihre Morgeneinkäufe nach Hause trugen. Dabei hatte er das Rauschen des Regens im Ohr, der in seinen Träumen gefallen war. In diesen Momenten fühlte er sich leicht und abwesend und nahm sein Alleinsein als gegeben hin. Er vermied es, seinem nackten Körper Beachtung zu schenken. Erst wenn er sich rasierte und er gezwungen war, sein Gesicht im Spiegel zu betrachten, erinnerte er sich daran, wer er war:

15

ein Junggeselle, der nachts das Licht im Flur seines Appartements an der Rua da Trindade brennen ließ. Weil er sich deswegen schämte, machte er die Tür seines Schlafzimmers zu. Das Licht im Flur jedoch ließ er brennen. Der helle Balken unter der Tür erleichterte die Vorstellung, nicht alleine zu sein, sondern sich nur etwas früher hingelegt zu haben und nun geduldig in der Dunkelheit auf seine Frau zu warten, die im Wohnzimmer vor dem Fernseher saß.

Als sich der Zug in Bewegung setzte, ließ Manuel Reis die Taschen zu Boden gleiten. Seit er nicht mehr rauchte, trieb ihm jede Anstrengung den Schweiß auf die Stirn. Er hatte begonnen, auf seinen Herzschlag zu achten, und fühlte sich mehrmals am Tag den Puls. Er öffnete sein Jackett, um beruhigt festzustellen, daß er auch unter den Achseln nicht nach Schweiß roch. Dafür entdeckte er einen Fleck auf seinem Hemd. Wenn er den Krawattenknopf etwas zur Seite rückte, wurde der Saucenspritzer einigermaßen verdeckt.

Manuel Reis packte die Griffe seiner Taschen und ging weiter. Dann fiel ihm seine Mutter ein. Sie hatte allen Ernstes behauptet, alle großen Rätsel dieser Welt seien von Männern unter dreißig gelöst worden. Als Beweis hatte sie eine jener Zeitschriften neben seinen Teller gelegt, in denen sie seit dem Tod ihres Mannes Trost suchte. Manuel Reis hatte sich geweigert, den Artikel auch nur anzusehen. Er hatte ruhig weitergegessen und seine Mutter ignoriert. Sie hatte ungeduldig auf eine Antwort gewartet und dann das Besteck auf den Tisch gelegt, um ihrem Sohn beim Essen zuzusehen. Er hatte sich nicht einmal bemüht, seine Wut auf ihr beleidigtes Schweigen zu verbergen. Sie wollte, daß er sich schuldig fühlte, und genau das tat er. Dafür verachtete er sie. Er kratzte mit dem Messer über das wertvolle Porzellan und schmatzte laut, weil er wußte, daß sie diese schlechten Manieren nicht billigen würde. Und tatsächlich hatte sich seine Mutter in die Küche zurückgezogen.

Manuel Reis aß jeden Mittag bei seiner Mutter. Der Abwasch gehörte zu seinen Pflichten, aber er war ihr erst in die Küche gefolgt, nachdem er fertiggegessen hatte. Später hatten sie sich wie gewohnt auf den Balkon gesetzt, um gemeinsam Kaffee zu trinken. Früher hatte er bei dieser Gelegenheit trotz ihrer Proteste zwei, drei Zigaretten geraucht. Seit er damit aufgehört hatte, wußte er nicht mehr, was er mit seinen Händen anfangen sollte. Er saß neben seiner Mutter und zuckte mit den Fingern, genau wie damals, als die Pubertät seinen Körper in Aufruhr versetzte. Als sie erneut verlangt hatte, er müsse seinen 50. Geburtstag mit einem großen Fest feiern, war er sofort aufgestanden und hatte sich verabschiedet.

Es war gar nicht einfach, mit den Taschen durch die engen Korridore zu gehen. Manuel Reis gab sich Mühe, sein Keuchen zu unterdrücken, und hielt immer wieder an, um die Taschen abzustellen und sich den Schweiß von der Stirn zu wischen. Schließlich blieb er in der Mitte eines Waggons stehen und betrachtete sein Spiegelbild in einer Abteilscheibe. Sein Blick wirkte müde und bedrückt, sein Gesicht unter dem ungekämmten dichten Haar glänzte wie eine polierte Münze. Die breiten Nasenflügel bebten, die Ohren waren rot. Wenn er sprach, vertieften sich die Falten in den Mundwinkeln zu dunklen Furchen. Dann wirkte sein Gesicht wieder so schmal, wie es früher einmal gewesen war. Vor einigen Tagen war ihm aufgefallen, daß er jedesmal einen Seufzer ausstieß, wenn er ein Glas oder eine Tasse abstellte.

In dem Abteil, in dessen Scheibe er sich betrachtete, saß eine Frau, die einen kleinen Hund bürstete. Der Hund lag auf dem Polster, musterte ihn gähnend und bellte, eigenartigerweise nur ein einziges Mal. Die Frau hob den Kopf und sah

Manuel Reis streng an. Darum ging er rasch weiter, wobei er an einen Satz dachte, den er vor kurzem gelesen hatte: ›Deus est anima brutorum‹, Gott ist die Seele der Tiere. Es ärgerte ihn, daß er sich nicht erinnern konnte, wo und bei welcher Gelegenheit er den Satz gelesen hatte.

Im nächsten Wagen fand Manuel Reis endlich ein leeres Abteil. Er war dankbar um den Geruch nach kaltem Zigarettenrauch, den er gierig einsog. Er setzte sich, stand aber noch einmal auf, um die verschmutzten Gardinen zum Korridor zuzuziehen. Es dauerte mehrere Minuten, bis sich sein Atem beruhigte. »Um krank zu werden, genügt es, gesund zu sein«, sagte er laut und lachte. Für die Landschaft, die vor dem Fenster vorbeiglitt, war er blind. Er zog sein Jackett aus und lockerte den Schlips, den ihm seine Mutter zum 49. Geburtstag geschenkt hatte. In die gelbe Seide waren zwei Walfische eingewirkt, von denen der obere Wasser ausblies. Die Fontäne reichte beinahe bis zum Knoten. Manuel Reis haßte die Krawatte. Er zog sie aus und stopfte sie, ohne nachzudenken, in den Abfalleimer. Am liebsten hätte er die beiden Taschen aus dem Fenster geworfen. In Gedanken sah er sie durch die Luft segeln. Sie drehten sich wieder und wieder, fast sah es aus, als würden sie selbständig fliegen. Dann schlugen sie an der Böschung auf und öffneten sich. Eines der Musterbücher fiel heraus. Wind griff in die Seiten, blätterte sie vor und zurück, hob das schwere Buch hoch und trug es die Böschung hinunter. Manuel Reis trat an das Fenster des Zuges und bemerkte, daß man es gar nicht öffnen konnte. Er nahm die Taschen aus dem Gepäckfach und ließ sie mehrmals aus beträchtlicher Höhe zu Boden fallen. Aber nach einer Weile verlor er die Lust daran. Es wurde ihm schwarz vor Augen, und er mußte sich hinsetzen.

Nach einer Weile öffnete er die Taschen, um nachzusehen,

ob er die Musterbücher beschädigt hatte. Der eine Einband hatte jetzt einen kurzen Riß, sonst konnte er keinen Schaden feststellen. Schließlich zog er auch die Krawatte aus dem Abfalleimer. Er breitete sie auf den Sitzen aus, um die zerknitterte Seide mit der flachen Hand zu glätten. Dann band er sich das Geschenk seiner Mutter sorgfältig um, wobei er den Knoten so eng knüpfte, daß er sich räuspern mußte. Er schloß die Augen und dachte für einen Moment daran zu beten. Aber dann sah er seine Mutter vor sich: Sie kniete im Wohnzimmer neben ihrem Fernsehsessel und ließ den Rosenkranz durch ihre Finger mit den lackierten Nägeln gleiten.

Sein Elternhaus, in dem er eine glückliche, wenn auch einsame Kindheit verbracht hatte, stand in der Rua Monte Olivete. Normalerweise vertrat er sich nach dem Essen die Beine im nahen Jardim Botanico. Aber die Auseinandersetzung mit seiner Mutter hatte ihn so verärgert, daß er sich unverzüglich in sein Auto gesetzt hatte, um nach Pombal zu fahren. Er hatte den Zündschlüssel gedreht, und nichts war geschehen. Der Motor sprang nicht an, er gab überhaupt kein Geräusch von sich. Kein Würgen oder Keuchen, gar nichts. Manuel Reis hatte eine Weile gewartet, bevor er es noch einmal versuchte. Das verschämte Klicken, welches das Zündschloß verursachte, trieb ihn zur Weißglut. Er zog den Schlüssel ab, um ihn sofort wieder in das Schloß zu rammen und mit voller Kraft umzudrehen. Auf diese Weise hatte Manuel Reis den Zündschlüssel abgebrochen. Starr vor Schreck saß er am Steuer, das so heiß war, daß er es kaum anfassen konnte. Schweißtropfen rannen über seinen Rücken, und die Haut seines Gesichtes glühte, als habe er sich verbrüht.

Dann hatte er die Stimme seiner Mutter gehört und mußte aussteigen. Sie stand auf dem Balkon und winkte ihm mit beiden Händen zu. Da er nicht verstehen konnte, was sie schrie, war er gezwungen gewesen, ein Stück auf das Haus seiner Kindheit zuzugehen. Dabei hatte er den Schaft des abgebrochenen Schlüssels in der Hosentasche verschwinden lassen.

»Ist mit dem Wagen etwas nicht in Ordnung?« hatte sie gerufen.

»Ich fahre mit dem Zug. Das ist bequemer.«

»Habe ich dir nicht immer abgeraten, ein deutsches Auto zu kaufen?«

»Mama, mit meinem Auto ist alles in Ordnung. Ich will mit dem Zug fahren, das ist alles.«

»Du kannst Züge nicht ausstehen.«

Er sah, wie sie theatralisch den Kopf zurückwarf, wie sie es immer tat, wenn er sie belog. Ihre Seufzer gingen ihm noch immer durch und durch. Er dachte an einen Lehrer namens da Murca, der bei Antworten, die er für besonders dumm hielt, mit dem Fingernagel über die Wandtafel gefahren war. Eigens für diesen Zweck hatte da Murca einen Fingernagel wachsen lassen, was ihm das Aussehen eines Magiers verlieh.

»Hast du dir die Zähne geputzt, Junge?«

Manuel Reis hatte sich umgedreht und seine Mutter ohne weiteres Wort stehengelassen. Zum Glück hatte er sich angewöhnt, niemals den Kofferraum seines Autos abzuschließen, sonst hätte er nicht einmal die Taschen mit den Musterbüchern mitnehmen können. Er hatte in einer Stehbar um die Ecke ein Glas vino verde getrunken, dann war er mit dem Taxi zum Bahnhof gefahren.

Das Zugabteil hatte in etwa die gleiche Form und Größe seines kleinsten Zimmers. Er benutzte den Raum mit der gewölbten hohen Decke als Bibliothek. Er hatte den Raum seit genau vier Monaten und drei Tagen nicht mehr betreten. An der einzigen Wand, die nicht mit Büchern bedeckt war, hing die gerahmte Fotografie von Pilar. Er hatte die Bibliothek nicht mehr betreten, um dem Anblick dieser Aufnahme zu entgehen. Pilar stand vor dem Eingangsportal des Hotels Dom Pedro Baia in Machico auf der Insel Madeira. Er hatte die Aufnahme auf ihrer einzigen gemeinsamen Reise gemacht. Pilar trug ein Sommerkleid, das seitlich geschlitzt war. Sie lachte und war im Begriff, die linke Hand schützend vors Gesicht zu halten. Sie machte eine Drehung aus der Hüfte, als wolle sie verhindern, fotografiert zu werden. Trotzdem lachte sie. Sie trug den Ring, den er ihr in Funchal gekauft hatte. Sie war geschminkt, und die goldenen Riemchen ihrer Sandaletten glänzten in der Abendsonne. Der Körperschwung fächerte ihr schulterlanges Haar in der Luft auf.

Wenn Manuel Reis an Pilar dachte, begannen unweigerlich seine Hände zu zittern, und er fühlte eine Wut in sich wachsen, die ihm angst machte. Vor vier Monaten und drei Tagen hatte ihm Pilar eröffnet, daß sie einen Mann heiraten werde, von dessen Existenz Manuel Reis keine Ahnung gehabt hatte. Ihre Stimme war kalt und unbeteiligt gewesen, das hatte ihn am meisten verletzt. Gelegentlich hatte er plötzlich den Geruch ihrer Haut in der Nase, dann schneuzte er sich sofort. Er hatte nichts über den anderen Mann erfahren wollen, nicht einmal seinen Namen. Er hatte sich auch ihre Erklärungen verbeten. Er weigerte sich, darüber nachzudenken, warum er nicht bemerkt hatte, daß Pilar mit einem anderen Mann ausging. Es war das erste Mal gewesen, daß er in der Öffentlichkeit geweint hatte. Sie aßen in einem Fischlokal am Praca do Comercio. Er saß aufrecht und bewegungslos da, als habe er seine Emotionen unter Kontrolle. Dabei waren ihm die Tränen in die Augen geschossen, und er hatte laut aufgeschluchzt, obwohl am Nebentisch eine seiner Kundinnen saß und ihn fassungslos anstarrte.

Der Zug hielt in Vila Franca de Xira. Die Bahnsteige waren

nahezu leer, über dem Tejo tanzten Mückenschwärme im flirrenden Licht. Manuel Reis nahm sich vor, seine Mutter aus Pombal anzurufen. Entschuldigen würde er sich nicht, weil er wußte, daß sie es aufgegeben hatte, das zu erwarten. Wie nach jeder Auseinandersetzung würde sie ihm erzählen, wie großherzig ihr verstorbener Mann mit ihren Launen umgegangen sei, und wie immer würde er nicht darauf eingehen. Sein Vater war eine ferne, eine abwesende Person gewesen, ein Fremder. Er besaß die zweifelhafte Fähigkeit, sich anderen Menschen fast vollständig zu entziehen. Für Außenstehende mochte das wirken, als achte er die Privatsphäre und den Freiraum anderer. Aber in Tat und Wahrheit hatte sich Manuel Reis' Vater ausschließlich für sich selbst interessiert. Andere Menschen waren ihm absolut gleichgültig gewesen. Dadurch hatte er gewirkt, als befinde er sich in einem unsichtbaren Käfig, dessen Zutritt er niemandem erlaubte und den er selbst um keinen Preis verlassen wollte. Manuel Reis hatte den Charakter seines Vaters bis zuletzt weder verstanden noch akzeptiert. Und so hatte er sich seinerseits eine Kälte im Umgang mit ihm angewöhnt, die an Unhöflichkeit grenzte. Oft hatte er sich vorgestellt, seinen Vater zu schlagen oder von ihm geschlagen zu werden. Doch sein Vater hatte ihn niemals angefaßt.

Der Zug fuhr weiter, und Manuel Reis hörte Mädchenstimmen auf dem Korridor. Vor dem Bahnhof stand ein Pferdegespann, das Pferd schüttelte den Kopf und wieherte. Gleich darauf blieben zwei Mädchen vor Manuel Reis' Abteil stehen. Sie pochten gegen die Scheibe, und er sah, daß sie ihm Kußhände zuwarfen. Die Mädchen drückten ihre Körper aneinander und umarmten sich. Sie hatten erhitzte Gesichter, waren glücklich. Bis er die Hand hochgehoben hatte, um ihnen zuzuwinken, waren sie bereits weitergegangen. Während ihres Geständnisses hatte Pilar seinen Ring getragen. Sie hatte den

Ring sogar immer wieder angefaßt und gedreht, als wolle sie ihn vor seinen Augen vom Finger streifen. Er hatte Lust verspürt, sie zu verletzen. Was hatte sie wohl nach ihrer Hochzeit mit seinem Ring getan? Manuel Reis jedenfalls hatte alles, was er von ihr geschenkt bekommen hatte, in der ersten Woche nach der Trennung weggeworfen. Das weiße Hemd mit den dezenten grauen Streifen. Den Bildband über Madeira. Das vergoldete Feuerzeug. Die silberne Krawattennadel mit seinen Initialen. Von dieser Nadel hatte er sich zuerst nicht trennen können. Er hatte sie zwar nicht mehr getragen, aber sie lag in der obersten Schublade seines Arbeitstisches, und er hatte sie immer wieder in die Hand genommen, als erfahre er damit den Grund der Trennung. In der dritten Woche war er eines Morgens aufgestanden und hatte die Nadel in einem Zustand des Halbschlafes in den Abfalleimer geworfen. Natürlich bereute er alle paar Tage, daß er sich der Geschenke entledigt hatte, und sehnte sich so stark nach ihnen wie nach Pilar selbst.

Pilar war klein und stämmig und Manuel Reis körperlich weit überlegen, wie sich eines Nachts gezeigt hatte. Ihr Liebesspiel hatte sich mit einemmal zu einer Art Ringkampf entwickelt. Er fragte sich heute noch, wie das hatte geschehen können. Sie hatte ihn in die Beinschere genommen und dann so kraftvoll zugedrückt, daß er japsend darum gebettelt hatte, sie solle ihn freilassen. Was sie nicht getan hatte. Er entdeckte eine Leidenschaft in ihren Augen, die ihm bisher verborgen geblieben war. In jener Nacht war Pilar nicht bei ihm geblieben. Sie hatte sich schweigend angezogen und bald darauf verabschiedet. Pilar hatte ein Muttermal neben ihrer Blinddarmnarbe, aus dem ein langes Haar wuchs. Er hatte sich immer geekelt vor diesem Muttermal, daran dachte er, als die Abteiltüre aufgerissen wurde.

»Sie erlauben?«

Der junge Mann stand bereits mitten im Abteil und schwang einen Aktenkoffer auf die Ablage. Er trug einen dunkelblauen Anzug und roch nach einem teuren After Shave. Manuel Reis nickte dem Mann freundlich zu, obwohl er lieber alleine geblieben wäre. Der Mann setzte sich hin und hielt ihm ein offene Zigarettenschachtel entgegen.

»Rauchen Sie?« fragte er.

»Seit fünf Jahren nicht mehr«, log Manuel Reis.

»Dann haben Sie es wohl geschafft, nach fünf Jahren. Aber Sie haben nichts dagegen?«

Manuel Reis schüttelte den Kopf. Der Mann inhalierte und hob verzückt die Augenbrauen. Er stieß den Rauch aus und stöhnte kaum hörbar auf. Manuel Reis schnupperte verstohlen an seinen Fingern.

»Ich kann es immer noch riechen«, sagte er.

»Nach fünf Jahren?«

»Wenn ich ehrlich bin, habe ich erst vor fünf Tagen aufgehört.«

»Möchten Sie eine? Na kommen Sie. Eine.«

Manuel Reis reagierte zuerst nicht, griff aber hastig nach der Schachtel, als der Mann sie zurückzog. Der Mann lächelte und gab ihm Feuer. Sie rauchten schweigend und ohne sich anzusehen. Angenehmer Schwindel überkam Manuel Reis. Er inhalierte tief und ungeduldig.

»Und?« fragte der Mann schließlich.

»Wunderbar«, sagte Manuel Reis.

»Na sehen Sie. Jeder Mensch braucht ein Laster. Jeder.«

Der junge Mann strahlte verzweifelte Kraft und Askese aus. Seine Augen waren kalt und leer. In einer Zeitschrift seiner Mutter hatte Manuel Reis gelesen, daß die Krieger eines bestimmten Indianerstammes durch Fasten Visionen bekamen.

Der Gesichtsausdruck des jungen Mannes war denjenigen der abgebildeten Indianer erschreckend ähnlich. Der Mann war Amerikaner, wie er bald erzählte. Er war geschäftlich in Portugal unterwegs. Manuel Reis hatte natürlich gehört, daß Portugiesisch nicht die Muttersprache des Mannes war, ihn aber für einen Deutschen oder Schweden gehalten. Als ihm der Mann eine weitere Zigarette anbot, lehnte Manuel Reis ab. Er stand auf und nahm einen Ordner aus der einen Tasche.

»Die Pflicht ruft«, sagte er.

»Das trifft sich gut«, entgegnete der junge Mann.

Er sprang federnd auf die Beine und öffnete seinen Aktenkoffer. Bis auf mehrere Zigarettenschachteln und einen Laptop war der Koffer leer. Der Mann klappte den Bildschirm hoch, legte das Gerät auf seine Knie und begann in rasendem Tempo zu schreiben. Manuel Reis blätterte in seinem Ordner und starrte auf die unbeschriebenen Blätter. Der Ordner enthielt nichts als leere Seiten. Manuel Reis gab es bald auf, Arbeit vorzutäuschen. Aber er wehrte sich dagegen, einzunicken, denn er wußte, wie Fahrgäste aussahen, die mit offenem Mund und hin und her pendelndem Kopf schliefen. Er kannte auch die Geräusche, die man dann von sich gab. In Anwesenheit des energischen Amerikaners wollte er weder schmatzen noch sabbern. Darum wehrte er sich dagegen, einzuschlafen. Der Mann beobachtete ihn bei seinem Kampf und lächelte beschwichtigend, als wolle er sagen, »na komm schon, laß dich fallen, gib dich einfach auf«.

Pilars Haar hatte sich immer kühl angefühlt. Es war weich wie Seide und teilte seinen Fingerkuppen kleine elektrische Hiebe aus, wenn sie Kleider aus bestimmten Stoffen trug. Bevor sie einschlief, steckte sie ihm ihre eiskalten Füße zwischen die Unterschenkel. Sein Vater saß alleine auf dem Balkon seines Hauses. Er blickte gedankenverloren in die Äste der einzigen Esche in seinem Garten. Als sich sein Sohn zu ihm setzte, erhob er sich und verschwand wortlos in seinem Arbeitszimmer. Aber bevor er ging, legte er seinem Kind die Hand auf den Kopf und tätschelte ihn wie einen Hund. Mutter lag im Garten und trommelte mit ihren kleinen harten Fäusten auf den Rasen. Die Sonne schien, Manuel Reis war acht Jahre alt, aber so traurig wie ein alter Mann.

Als Manuel Reis erwachte, war der Himmel bedeckt. Lag der Kopf des Amerikaners tatsächlich an seiner Schulter? Manuel Reis rührte sich nicht. Dann fiel ihm ein, daß ihm der Mann vorher gegenübergesessen hatte. Im selben Augenblick erkannte er, daß es eine Frau war, die sich an ihn schmiegte. Er hatte vergessen, wie Frauen rochen. Die Frau schlief. Er starrte auf ihr widerspenstiges schwarzes Haar und die Kopfhaut, die wie poliertes Mahagoni glänzte. Sie hatte etliche graue Haare, und es beruhigte ihn, daß sie sich diese nicht färbte. Die Berührung mit ihrem Körper war angenehm und so selbstverständlich, als wären sie seit langer Zeit ein Paar, das gewohnt war, mit dem Zug zu verreisen und sich dabei in den Armen zu liegen.

Manuel Reis vermied jede Bewegung, weil er sich auf den schlagfertigen Dialog konzentrieren wollte, der in seinem Kopf ablief. Doch er zögerte zu lange, und die Worte in seinem Kopf verblaßten. Vor einiger Zeit war ihm aufgefallen, daß er den spitzfindigen und besserwisserischen Tonfall, in welchem er seit der Trennung von Pilar mit Frauen redete, seinem Vater abgelauscht hatte, ohne sich dessen bewußt zu sein. Seitdem ihm das klargeworden war, bemühte er sich, in sanftem und unsicherem Ton mit Frauen zu reden und damit zu signalisieren, daß er kein Mann war, von dem Hilfe zu erwarten war, sondern vielmehr ein Mann, der dringend Hilfe brauchte.

Schließlich räusperte er sich, und die Frau erwachte. Sie hob den Kopf, blieb aber sitzen, ohne sich aus seinem Arm zu lösen.

»Wo ist der Amerikaner?« fragte Manuel Reis.

»Sie haben geschlafen. Der Schaffner wollte Ihre Fahrkarte sehen, aber ich habe ihn gebeten, später noch einmal vorbeizukommen.«

Sie hatte eine leise Stimme und roch nach Rosenblättern und einem Parfum, das seine Augen tränen ließ.

»Danke«, sagte er, »jetzt bin ich allerdings noch müder als vorher.«

»Dabei weiß ich gar nicht, wohin Sie fahren«, sagte die Frau.

»Nach Pombal.«

»Sehen Sie. Es gibt eben doch keine Zufälle. Ich fahre auch nach Pombal.«

»Wo sind wir überhaupt?« fragte Manuel Reis.

Er gab sich Mühe, sich nicht zu bewegen. Er wollte auf keinen Fall, daß sich die Frau aus seinem Arm befreite.

»Ich bin in Santarem eingestiegen. Sie haben ziemlich lange geschlafen. Jetzt sind wir irgendwo zwischen Paialvo und Caxarias. Sie müssen sehr, sehr müde gewesen sein.«

»Caxarias? Dann sind wir ja schon bald in Pombal.«

»Stört es Sie, wenn ich so sitzen bleibe?«

»Im Gegenteil«, sagte Manuel Reis, »ich kann mir nichts Angenehmeres vorstellen.«

»Ihre Krawatte ist wunderschön.«

»Ich weiß. Es ist meine Lieblingskrawatte.«

Er konnte sich ein Lachen nicht verkneifen, als er daran dachte, daß dies bestimmt die erste Lüge von ihm war, die seine Mutter gefreut hätte.

»Warum lachen Sie?« fragte die Frau.

»Ich kenne nicht einmal Ihren Namen.«

»Amalia Silva. Freut mich, Sie kennenzulernen. Und Sie? Wie heißen Sie?«

»Manuel Reis. Ich freue mich ebenfalls.«

Vor dem Abteil stand ein Junge, der irgend etwas zählte. Er streckte einen Finger nach dem anderen in die Höhe. Wenn er alle Finger ausgestreckt hatte, schloß er seine kleinen Hände zu Fäusten und begann wieder von vorn. Was zählte er? Autos? Bäume? Oder Bauern, die in den trockenen Feldern arbeiteten und auf Regen hofften?

»Er zählt kleine Mädchen«, sagte sie, als könne sie Gedanken lesen.

»Nein, das ist nicht möglich. So viele Mädchen gibt es hier nämlich gar nicht. Nein, das glaube ich nicht.«

»Er zählt die Mädchen, an die er denkt«, sagte sie.

»Kein Junge denkt an mehrere Mädchen gleichzeitig. Er zählt Motorräder. Oder Bäume.«

»Leben Sie in Pombal?« fragte sie und sah ihn an. Ihre Augen waren ungeschminkt, ihre Lippen schmal und rot bemalt.

»Nein, ich lebe in Lissabon. Ich habe geschäftlich in Pombal zu tun. Und Sie? Leben Sie in Pombal?«

»Was sind das für Geschäfte?« fragte sie.

»Ich verkaufe Stoffe und Tapeten. Wohnen Sie in Pombal?«

»Meine Mutter lebt in Pombal.«

»Und Sie? Wo leben Sie? In Lissabon?«

»Sind Sie verheiratet?« fragte die Frau.

»Nein, ich bin nicht verheiratet«, antwortete Manuel Reis.

Sein Arm war eingeschlafen, und er setzte sich anders hin. Sie rieb sich die Wange an seinem Arm. Das hatte er früher bei seiner Mutter auch getan, wenn sie ihn auf den Schoß genommen hatte.

»Sie fahren also zu Ihrer Mutter?« fragte er.

»Sie liegt im Sterben, ja.«

Manuel Reis wollte sein Bedauern ausdrücken, aber es fielen ihm nicht die richtigen Worte ein. Darum zog er sie an sich. Dann küßte er sie auf den Scheitel. Ihr Haar hatte den Geschmack von Aprikosen, und ihm fiel ein, daß auch Pilar dieses Shampoo benutzt hatte.

»Entschuldigen Sie bitte«, sagte sie, löste sich von ihm und stand auf.

Als sie die Bestürzung in seinem Blick sah, lachte sie laut heraus. Sie trug schwarze Jeans und eine graue Seidenbluse. Sie war bestimmt zehn Jahre jünger als er. Ihre roten Schuhe waren flach und ließen die Zehen frei. »Keine Sorge, Manuel Reis. Ich bin gleich zurück.«

»Das freut mich zu hören, Amalia Silva.«

»Ich bin übrigens geschieden«, sagte sie und trat schnell auf den Korridor hinaus.

Er sah ihr nach und bemerkte, daß sie ihr rechtes Bein nachzog. Nach ein paar Schritten drehte sie sich um und hob die Hand. Ihr Gesicht blieb unbewegt. Manuel Reis weigerte sich, über die Situation nachzudenken. »Laß es einfach geschehen«, sagte er sich und lehnte sich zurück. Im Gepäcknetz lag ein Koffer mit dem Aufkleber des berühmtesten Hotels auf Madeira. Sie hatte ihre Handtasche vergessen. Die Tasche war aus Kunstleder. Er nahm sie in die Hand, drehte sie hin und her und schüttelte sie. Schließlich legte er sie auf den Sitz zurück. Aber dann öffnete er sie doch. Die Intimität dieser verbotenen Handlung erregte ihn. Seine Hände zitterten. Jetzt regnete es. Tropfen klatschten gegen das Glas, und ein frischer Geruch erfüllte das Abteil, obwohl das Fenster geschlossen war.

In der Handtasche befanden sich ein Portemonnaie aus Jeansstoff, ein billiger Kugelschreiber, ein Parfumfläschchen, ein Lippenstift und ein unbeschriftetes Pillenröhrchen. Der Duft, der der Tasche entströmte, verwirrte ihn. Er war süß und ordinär und verursachte ein Stechen hinter seiner Stirn. Als er noch einmal in die Tasche sah, entdeckte er ein Briefkuvert. Er wußte, daß er es bereuen würde, den Brief gelesen zu haben. Aber er konnte nicht anders: Er nahm den Umschlag aus der Tasche und öffnete ihn.

Der Brief war von Hand geschrieben. Manuel Reis war sicher, daß er von einem Mann stammte. Die Schrift wirkte energisch und aufdringlich. Die Buchstaben hatten sich tief in das dicke gelbe Papier gegraben.

Meine liebste Amalia,

es tut mir in der Seele weh, Dich verletzen zu müssen. Aber ich habe keine andere Wahl.

Wir dürfen uns nicht mehr länger …

In diesem Moment hörte er Schritte auf dem Korridor. Er hatte keine Zeit, um den Brief in das Kuvert zurückzustecken, und stopfte beides kurzerhand in die Handtasche.

Amalia Silva warf die Abteiltüre zu und blieb dicht vor ihm stehen. Manuel Reis legte die Hände auf ihre Hüften und ließ seinen Kopf gegen ihren Oberkörper sinken. Er konnte fühlen, wie sie atmete, und hörte ihren Herzschlag. Ihr Busen war weich. Die Bügel ihres Büstenhalters drückten gegen seine Wange. Sie trug ein Kreuz um den Hals. In ihrem Bauch gurgelte es leise. Als er realisierte, daß seine Fingerspitzen am Saum ihres Höschens entlangstrichen, ließ er sie sofort los.

»Holla, da bin ich wieder«, sagte sie.

»Das ist gut«, sagte Manuel Reis, »ich hab auf dich gewartet.«

Sie beugte sich zu ihm hinunter, fuhr ihm mit dem Zeigefinger über die Wange, folgte der Kontur seiner Lippen. Der
Finger roch nach Seife. Ihre Fingernägel waren spröde und un-
gepflegt. Sie zog den Finger zurück und setzte sich mit geschlossenen Augen neben ihn. Ihre Lippen bewegten sich, ihre
Lider zuckten.

»Was tust du, Amalia?«

»Ich bete«, sagte sie leise.

»Beten? Warum?«

»Weil es hilft.«

»Hilft? Wobei denn? Weshalb betest du?«

Sie öffnete die Augen und sah ihn prüfend an. Dann küßte
sie ihn auf den Mund. Er war so verblüfft, daß er die Lippen
nicht sofort öffnete. Ihre Zunge war spitz und sehr feucht, sie
bewegte sich träge an seinen Zähnen entlang. Ihr Atem roch
nach Pfefferminz, und Manuel Reis bereute es, die Zigarette
geraucht zu haben. Der Geschmack ihres Lippenstiftes war
aufregend. Sie hatte ihren Mund nur leicht geöffnet, darum
war es, als müsse er ihren Widerstand brechen. Er öffnete ihr
den Mund mit seiner Zunge und stellte erstaunt fest, daß er
aufstöhnte.

Pilar küßte mit weit aufgerissenem Mund. Er hatte ihr nie
gestanden, daß ihn dies abstieß. Immer war er derjenige gewesen, der die Küsse abbrach. Und wenn Pilar ihn in die Zunge
biß, stieß sie spitze Schreie aus, als spüre sie den Schmerz, den
sie ihm zufügte. Manuel Reis hatte sich in ihrer Gegenwart oft
als schüchtern oder gar verklemmt gefühlt. Er hatte diese Unsicherheit immer überspielt. Wenn sie miteinander schliefen,
war ihm das nicht gelungen. Mit der Zeit hatte ihn diese Ohn-
macht so wütend gemacht, daß er gelegentlich die Beherrschung verlor. Er hatte Pilar mehrmals geschlagen. Zuerst
hatte er sich deswegen verachtet, dann sie. Eines Nachts hatte

er mehrere ihrer Spitzenslips, die er ordinär fand, zerrissen. Seit dieser Nacht hatte er Mitleid in Pilars Blick erkannt, Mitleid und Verachtung.

Die Abteiltür wurde mit einem entschiedenen Ruck aufgerissen, trotzdem küßten sie sich noch einige Sekunden lang weiter. Der Schaffner stank nach Bier. Er grinste.

»Ihre Frau hat mich gebeten, Sie schlafen zu lassen. Aber jetzt scheinen Sie ja wach zu sein.«

Er sah sich die Fahrkarte von Manuel Reis flüchtig an, tippte sich an die Mütze und ging weiter. Amalia sah aus dem Fenster. Sie bedeckte den Mund mit der Hand und gab quiekende Geräusche von sich.

»Warum lachst du?« fragte er, ergriff ihre Hand und drückte einen Kuß darauf.

»Wir kennen uns doch gar nicht«, sagte sie.

»Das läßt sich ändern.«

»Ich mußte ihm sagen, daß du mein Mann bist. Ich hab ihm erzählt, daß du Chirurg bist und deinen Schlaf dringend brauchst.«

»Du warst auf Madeira?« fragte er und deutete auf ihren Koffer.

»Ich lebe dort. Wenigstens bis im Herbst.«

»Im Hotel ›Reids‹? Es soll wunderschön sein.«

»Das ist es zweifellos. Allerdings nicht für alle.«

»Ist es nicht sehr teuer?« fragte Manuel Reis.

»Ich arbeite dort.«

»Du arbeitest im ›Reids‹? Am Empfang?«

»Nein, nicht am Empfang. Und auch nicht im Büro. Ich arbeite in der Küche.«

Ihr Lachen klang zynisch. Sie rückte ein Stück von ihm weg und sah aus dem Fenster.

»Der Regen hat schon wieder aufgehört«, sagte er.

»Wir sind bald da«, sagte sie, »Zeit für unseren Abschiedskuß.«

Sie griff nach seiner Hand, ohne ihn anzusehen. Ihre Finger waren feucht. Sie drückte seine Hand so kräftig, daß er ein leises Jammern von sich gab.

»Wir werden uns doch wiedersehen«, sagte er.

»Das weiß man nie. Die Welt ist groß.«

Das klang so unecht und banal, daß er sich ärgerte. Er mochte ihr Lachen nicht, es schloß ihn aus. Er zog sie auf seinen Schoß und wollte sie küssen.

»Aber doch nicht hier, Manuel Reis. Abschiedsküsse gehören auf den Bahnsteig.«

»Wie bei einem richtigen Liebespaar?« fragte er, obwohl ihm der Satz kindisch vorkam.

»Wie bei einem richtigen Liebespaar«, wiederholte sie.

Bis sie in Pombal ankamen, saßen sie schweigend nebeneinander und hielten sich an der Hand. Als der Zug in den Bahnhof einfuhr, stand sie auf. Ihr Gesicht war hart und verschlossen. Manuel Reis erhob sich erst, als sie ihren Koffer von der Ablage heben wollte. Sie wehrte seine Umarmung ab, und er fühlte sich verstoßen und zurückgewiesen. Er dachte an den abgebrochenen Zündschlüssel, dessen Schaft er in der Hosentasche hatte. Sie nahm ihm eine seiner zwei Taschen mit den Musterbüchern ab und ging voraus. Ihr Koffer war schwer und schäbig. Wieder fiel ihm auf, daß sie ihr Bein nachzog.

Auf dem menschenleeren Bahnsteig lagen Zigarettenkippen und zertretene McDonalds-Schachteln. Niemand stieg in den Zug, und abgesehen von ihnen war auch niemand ausgestiegen. Sie sahen aus wie ein Ehepaar, das sich eben gestritten hatte. Im Innern des Bahnhofes war es kühl, aber als sie auf die Straße hinaustraten, sahen sie, daß in Pombal kein Regen gefallen war. Die Luft war drückend heiß, die Straßen waren ausgestorben. Im Garten eines herrschaftlichen Hauses lief ein tickernder Rasensprenger. Sie sagten noch immer kein Wort. Manuel Reis verspürte den dringenden Wunsch nach einer Zigarette. Er würde sich eine Schachtel kaufen, sobald er alleine war.

Amalia Silva ging weiter, ohne sich nach ihm umzusehen. Erst als sie das andere Ende des Platzes erreicht hatte, blieb sie stehen, um im Schatten eines Baumes auf ihn zu warten. Manuel Reis fühlte sich müde und rang nach Atem. Sie ließ seine Tasche zu Boden gleiten und lächelte.

»Das ist genau der richtige Zeitpunkt für einen Abschiedskuß«, sagte sie, legte die Arme um ihn und preßte sich an ihn.

»Sehen wir uns wieder?« fragte Manuel Reis.

Sie legte ihm einen Finger auf die Lippen. Dieses Mal küßte sie ihn mit weit geöffnetem Mund, und für einen Augenblick glaubte er tatsächlich, er stehe mit Pilar im Schatten eines Baumes vor dem Bahnhof in Pombal. Amalia glitt mit beiden Händen unter sein Jackett und strich mit kreisenden Bewegungen über seinen Rücken.

»Sehen wir uns wieder?« fragte er noch einmal.

»Du bist derjenige, der sich verabschieden will«, sagte sie.

»Ich habe einen Kundentermin.«

»So ist das Leben«, sagte sie, »also dann: Es hat mich sehr gefreut, Ihre Bekanntschaft gemacht zu haben, Manuel Reis.«

Sie küßte ihn auf die Nase und gab ihm einen Schubs. Ihr Lächeln war jetzt eindeutig spöttisch.

»Du besuchst wirklich deine Mutter?«

»Sie wird sterben, ja.«

Sie griff nach ihrem Koffer, und ihre Hände berührten sich. Manuel Reis wußte, daß er sie nicht gehen lassen durfte.

»Der Koffer ist doch viel zu schwer für dich«, sagte er.

»Ist er nicht.«

Sie hob den Koffer hoch, sah ihm dabei unverwandt in die Augen und ließ den Koffer wieder fallen.

»Ist er doch«, sagte sie.

»Ist es weit bis zu deiner Mutter?«

»Nicht für einen Mann mit Kraft.«

Er nahm ihren Koffer und eine seiner Taschen und setzte sich entschlossen in Bewegung.

»Sie gehen in die falsche Richtung, Manuel Reis«, sagte sie, und Manuel Reis war gezwungen, umzudrehen und ihr schon wieder zu folgen.

Das Haus war klein und dunkel. Es stand am Ende einer Straße und war von einem verkommenen Garten umgeben. Im Flur roch es nach Desinfektionsmitteln und Kohl. Zwischen zwei Türen, von denen die Farbe blätterte, stand ein Schemel, auf dem eine uralte Frau saß. In irgendeinem Zimmer des Hauses läutete ein Telefon, aber weder Amalia noch die alte Frau kümmerten sich darum. Die beiden umarmten und küßten sich. Dabei tuschelten sie so leise, daß Manuel Reis kein Wort verstehen konnte. Auf dem Boden des Flures lagen Grashalme und Erdkrumen. Die Alte griff nach den Fingern seiner Rechten, drückte sie mit beiden Händen. Sie musterte ihn mit zusammengekniffenen Augen. Ihr weißes Haar war am Hinterkopf zu einem straffen Knoten gebunden; trotz der Hitze trug sie einen Wollschal um die Schultern.

Schließlich nickte sie zustimmend, schlug das Kreuz über ihm und gab ihm einen Kuß auf die Wange. Ihre Lippen waren kalt und dünn wie Pergament. Amalia legte ihm die Hand auf die Schulter.

»Komm, ich will dich meiner Mutter vorstellen.«

Sie öffnete die rechte der beiden Türen und schob ihn vorsichtig in das Zimmer. Die Alte blieb im Flur und schloß die

Tür hinter ihnen. »Ein Ort der Läuterung«, dachte Manuel Reis, als er hinter Amalia Silva an das Eisenbett trat. Er fand sich nicht sofort zurecht. Die Fensterläden waren geschlossen, und abgesehen von einem Streifen Sonnenlicht an der Wand war es finster in dem Raum. Die Kerze, die auf dem Nachtkästchen stand, brannte nicht. Es roch so penetrant nach Weihrauch, Kampfer und nach Schweiß, daß es Manuel Reis den Atem verschlug.

Amalia Silvas Mutter lag auf dem Rücken. Sie war winzig und nahezu kahlköpfig. Sie trug ein weißes Nachthemd, wodurch sie wie ein kleines Mädchen wirkte. Er konnte ihre dünnen Beine sehen, denn sie hatte die Decke zur Seite gestrampelt. Ihre Füße waren rot und geschwollen, die Zehen schrieben unablässig Kreise in die Luft, als suchten sie nach etwas.

»Du mußt sie zudecken«, flüsterte Manuel Reis, weil er nicht wollte, daß ihn die Sterbende hörte.

Amalia Silva schüttelte die Decke aus und breitete sie über ihre Mutter. Dann beugte sie sich über sie, um ihr einen Kuß auf die Stirn zu geben. Ihre Mutter seufzte und öffnete die Augen.

»Das ist noch lange kein Grund zu lügen«, sagte sie streng.

»Mama! Ich bin es, Amalia.«

»Mein Mädchen gibt sich die Ehre. Laß dich anschauen.«

Sie griff nach der Hand ihrer Tochter, die sich neben ihr auf das Bett setzte. Die leeren Wände des Zimmers waren mit Holz getäfelt, genauso Diele und Fußboden. Das Zimmer erinnerte ihn an eine hölzerne Schachtel, eine Puppenstube. In der Ecke stand ein Schrank, dessen Tür einen Spalt offenstand. Manuel Reis konnte nicht erkennen, was auf den Regalen lag. Amalia Silva hatte das Köpfchen ihrer Mutter in der rechten Hand, um es zu stützen. Es sah aus, als wolle sie dessen Gewicht abwägen. Die Augen der Sterbenden waren blau und wunderschön. Sie schienen in der Dunkelheit des Zimmers zu leuchten, Manuel Reis konnte dem Blick unmöglich ausweichen. Er trat einen Schritt näher an das Bett heran und streckte die Hand aus, als wolle er Amalia Silvas Mutter berühren. Amalia sah ihn an. Ihre Mutter hob die Hand und zeigte mit dem Finger auf ihn. Auf dem Kopfkissen lagen einzelne Haare, der Nachtschweiß hatte den Umriß des Kopfes als Schatten in den Stoff geprägt. Die Finger der Sterbenden waren lang und dünn.

»Das ist er also«, sagte Amalia Silvas Mutter.

»Ja, Mama. Das ist er.«

Amalia griff nach Manuel Reis und zog ihn nahe an das Bett heran. Er beugte sich über Mutter und Tochter und lächelte. Die alte Frau nahm sein Gesicht in beide Hände und hielt es sanft fest. Ihre Hände waren heiß. Manuel Reis sah ihr in die Augen, als müsse er damit beweisen, daß alles in Ordnung war. Daß ihre Tochter in guten Händen war.

In diesem Moment klopfte es an die Tür, und ein Mann betrat das Zimmer. Er trug einen hellen Sommeranzug und hatte eine schwarze Tasche bei sich. Amalia stand auf und gab dem Arzt die Hand. Ihre Mutter strich mit beiden Händen über das Gesicht von Manuel Reis, dann ließ sie ihn los.

»Darf ich vorstellen: Doktor Alves. Manuel Reis.«

Die Männer reichten sich die Hand. Der Arzt stellte seine Tasche neben das Bett und beugte sich über Amalias Mutter. Sie hatte die Augen wieder geschlossen, ihre Hände lagen gefaltet auf ihrer Brust.

»Darf ich Sie bitten, uns alleine zu lassen?«

Der Arzt öffnete seine Tasche und setzte sich auf das Bett. Amalia Silva legte eine Hand auf die Stirn ihrer Mutter, bevor sie mit Manuel Reis aus dem Zimmer ging.

Der Schemel auf dem Flur war leer. Neben der Haustür hing ein Kreuz an der Wand, vor dem sich Amalia auf den Boden kniete. Manuel Reis blieb stehen, um zu warten. Er sah in die Küche, in der es ebenfalls dämmrig war. Auf dem Tisch stand eine leere Weinflasche, der Wasserhahn tropfte. Manuel Reis hätte Amalia Silva gerne umarmt, er wollte unbedingt mit ihr schlafen.

»Glaubst du an die Hölle?« fragte er.

»Ich glaube an den Himmel«, sagte sie.

»Wenn es den Himmel gibt, gibt es auch die Hölle.«

»Natürlich gibt es die Hölle.«

»Darum betest du?« fragte er.

»Ich bete nicht«, sagte sie.

»Du betest nicht?«

»Nein. Ich beichte«, sagte sie und stand auf.

Sie nahm ihn an der Hand und zog ihn aus dem Haus. Die Sonne war so grell, daß sie geblendet stehenblieben. Sie ließ sich umarmen und küssen. Dann packte sie seine Hand und hielt sich damit ihre Augen zu.

»Rate, wer ich bin«, sagte sie.

»Du bist meine Frau«, sagte Manuel Reis und nahm seine Hand von ihren Augen.

Früher ist es ihm unangenehm gewesen, seinem Vater beim Essen zuzusehen. Der Adamsapfel, der sich hinauf- und hinunterbewegte, erschreckte ihn. Er ekelte sich vor den Schluck- und Kaugeräuschen, konnte nicht mit ansehen, wie sein Vater das Besteck hielt, das Glas zum Mund führte und wieder auf den Tisch stellte. Seit dem Schlaganfall seines Vaters stört ihn das Schmatzen und Schlürfen nicht mehr. Es erfüllt ihn auch nicht mit Mitleid, er billigt es. Die Behinderung seines Vaters hat ihn genügsam gemacht.

Der Schlaganfall liegt jetzt elf Monate zurück. Sein Vater wird den linken Arm und die linke Hand nie mehr so benutzen können wie früher, auch sein linkes Bein zieht er nach. »Früher war ich Linkshänder«, sagt sein Vater immer wieder. Dabei streicht er sich mit der gesunden, rechten Hand über die Stirn, als sehe man dann nicht, daß das Lid seines linken Auges hängt, als sei er müde, immerzu müde.

Er weiß, daß sein Vater die kleinen, festen Sardegna-Tomaten und den Mozzarella di Bufalo liebt, auch wenn er den Salat nicht lobt. Sie sitzen nebeneinander auf der Veranda und blicken über den Garten auf den See hinunter, dessen schimmernde Oberfläche in der Dämmerung hin und her schaukelt. Der Tisch wäre breit genug, um sich gegenüberzusitzen, aber das haben sie sich abgewöhnt. Sie sitzen nebeneinander wie zwei Arbeiter in der Mittagspause. Er hat beschlossen, seinem

39

Vater vorerst nichts vom Apotheker und seinem Koffer zu erzählen. Wohin hat sich Xaver auf die Reise gemacht? »Macht es dir was aus, wenn ich heute nacht hierbleibe?« fragt er.

»Unsinn«, sagt sein Vater.

»Dein Garten macht eben doch mehr Arbeit.«

»Dann komm halt jeden Samstag. Weiß Kathrin Bescheid?«

»Ich ruf sie später an«, sagt er und steht auf.

Er trägt die leeren Teller in die Küche und stellt sie in die Spüle. Als er mit der dampfenden Suppenschüssel auf die Veranda zurückkehrt, hat sein Vater das Schachbrett in die Mitte des Tisches geschoben. Jetzt setzt er sich ihm doch gegenüber. Sie haben schon vor einer Weile damit begonnen, auch während des Essens zu spielen. Sein Vater hat eine Figur in der linken Hand, während er mit der rechten Suppe löffelt. Er hat sich daran gewöhnen müssen, daß sein Vater eine seiner Figuren in die Hand nimmt und an ihr herumknetet, als lasse sie sich in eine andere Form bringen. Langsam wird es dunkel. Trotzdem bleibt es schwül. Sie verschieben ihre Figuren, löffeln Buchstabensuppe, während sie nachdenken und dabei mit den herausgefischten eigelben Lettern Wörter auf den Tellerrändern auslegen. FISCH. WUNDER. ZAUNKOENIG. SCHIFF.

Es wird halb elf, bis er aus dem Zimmer seines Vaters kommt. Er hat ihn gewaschen, hat ihm Kissen und Bettdecke aus dem Fenster gehängt und danach aufgeklopft, hat ihm geholfen, den Sommerpyjama mit den kurzen Hosen anzuziehen. Er schließt die Tür hinter sich und setzt sich auf die Veranda. Der Himmel ist finster, auch der Lichtstreif am Horizont ist verschwunden. Zwischen den Büschen rascheln Tiere, die Luft hat sich endlich abgekühlt. Er hat seiner Frau erzählt, daß sich sein Vater nicht wohl fühle und er deshalb über Nacht bei ihm bleibe. Klang ihre Stimme erleichtert, oder bildet er sich das ein? Wie früher riecht er den See, der Geruch streicht als Ahnung durch den Garten, setzt sich fest in seinem Elternhaus.

Er raucht eine Zigarette, bevor er in sein Jungenzimmer steigt und weiterliest.

DIE MUSIKDOSE

Als es dunkel wird, helfen sie mir auf das Dach des Hotels. In den Straßen summt Feierabendverkehr. Stimmen steigen aus dem eintönigen Lärm empor wie Vögel aus Bäumen. Die Dachpappe ist von der Sonne aufgeheizt und wirft Blasen.

Jürgen und Jochen haben mich in die Mitte genommen, ich lege die Arme um ihre muskulösen Schultern. Natürlich ist es mir unangenehm, daß mir die beiden Deutschen helfen müssen. Aber mein rechter Fuß ist stark angeschwollen und schmerzt, sobald ich ihn belaste. Den Gedanken, daß er gebrochen sein könnte, verdränge ich. Nadja geht voraus. Sie trägt den Stuhl, auf den ich mich setzen soll. Der Wind treibt ein dürres Blatt über das Dach und schleift es der Brüstung entlang. Es klingt, als applaudiere jemand, der sehr kleine Hände hat. Ich sehe weit und breit keinen Baum. Es gibt auch keinen Grund, um zu applaudieren.

Jürgen und Jochen helfen mir bis zum Stuhl, den Nadja in den Schutz der Brandmauer gestellt hat, die das Flachdach teilt. Ich setze mich hin und nehme eine weitere Schmerztablette. Eigentlich ist es den Hotelgästen nicht erlaubt, das Dach zu betreten. Doch die beiden Deutschen steigen seit Jahren in dem Hotel im Zentrum Barcelonas ab und wissen, wo sich der Schlüssel für die Tür neben dem Liftschacht befindet. Sie haben den Besitzer des Hotels auch dazu gebracht, uns die zwei großen Zimmer mit Verbindungstür und Balkon zu geben, obwohl er behauptete, daß sie reserviert seien.

Nadja stellt sich neben mich und legt mir eine Hand auf die Schulter. Die Hand ist kalt und leicht. Die Gerüche, die ein Ventilator aus der Hotelküche in die Höhe bläst, mischen sich mit Nadjas Patchuli-Parfum. Jochen raucht eine Zigarette, Jürgen verschwindet grinsend im Treppenhaus. Wir sagen kein Wort, bis er zurückkommt, wir bewegen uns auch nicht. Als er den Spiegel aus dem Badezimmer auf die Brüstung legt, nimmt Nadja die Hand von meiner Schulter.

»Das wird dir guttun«, sagt Jürgen.

Obwohl er mich nicht ansieht, weiß ich, daß er mich meint. Der mitleidige Tonfall seiner Stimme kann nur mir gelten.

»Uns aber auch«, sagt Jochen.

»Ich komme aber trotzdem nicht mit«, sage ich, nachdem ich mir die erste Linie hochgezogen habe, theatralisch nach Luft schnappe und mir auf die Schenkel schlage.

»Das ist sehr vernünftig«, sagt Jürgen.

»Ich bleibe hier«, sage ich scharf und erwarte Widerspruch, zumindest von Nadja.

Sie beugt sich über den Spiegel, sie trägt die Jeans mit dem Riß unter der Pobacke. Als sie das Koks hochzieht, verkrampfen sich ihre Zehen, dann entspannen sie sich wieder. Nadja trägt die Schuhe, die ich ihr letzten Sommer in Rom gekauft habe. An einem Zeh ist fast der ganze Lack vom Nagel geblättert.

»Mir ist schlecht«, lüge ich.

»Dann leg dich hin«, sagt Jürgen.

»Dir wird gleich besser«, behauptet Jochen, »viel besser, weil das hier nämlich hervorragendes Material ist.«

»Worauf du Gift nehmen kannst«, ergänzt Nadja.

Die beiden Deutschen fletschen die Zähne und werfen ihre Köpfe zurück wie Pferde, die gleich wiehern werden.

»Und du hast wirklich nichts dagegen, daß ich mitgehe?« fragt Nadja.

»Ich würde auch gehen, wenn ich du wäre«, sage ich, um nach einer Pause, die mir etwas zu lange gerät, ein Wort anzufügen, von dem ich mir einiges verspreche: »Wahrscheinlich«, sage ich laut und deutlich.

»Danke«, sagt Nadja, ohne auf das nachgeschobene Wort einzugehen.

Sie küßt mich auf die Wange wie einen Verwandten und tätschelt mir den Rücken.

»Keine Panik«, sagt Jürgen, »wir sorgen dafür, daß kein Spanier in die Nähe deiner Freundin kommt, Ehrenwort.«

Ich balle die Hand zur Faust, will ihn schlagen, mitten in sein schönes, braungebranntes Gesicht, aber dann denke ich an meinen Fuß und daran, wie ich ins Zimmer kommen soll. Nadjas Füße sind beweglich und schmal. Bald werden sie sonnengebräunt sein, genau wie der Rest ihres Körpers und wie ihr Gesicht.

Über der Stadt steht bronzefarbenes Licht, das sich ruckartig verändert, wenn ich den Kopf bewege. Staubsäulen wachsen in den Himmel. Jochen reibt sich die Nase, schläfrig und selbstvergessen. Er starrt Nadja an, ohne auf mich zu achten. Überall brennen jetzt Lichter und Reklameschilder, Neonherzen und blinkende Worte.

»Ich bin bald zurück«, sagt Nadja, »ich hab bloß Hunger, das ist alles.«

Wenn ich heftig einatme, ist es, als würde ich mir die Kehle versengen. Die anderen können wahrscheinlich das Meer sehen, weil sie stehen. Ich bleibe sitzen und warte ab. Ich würde am liebsten weinen, halte mich aber zurück. Meine Kopfhaut juckt. Nadja spreizt alle Finger ihrer rechten Hand und betrachtet sie verwundert.

»Morgen geht es dir besser«, behauptet Jürgen.

»Schlaf dich einfach aus«, rät mir Jochen.

»Helft ihr mir zurück ins Zimmer?«

»Scheißt der Bär in den Wald?« lacht Jürgen, »ist Schnee weiß? Mensch, sind wir deine Freunde oder was?«

Er packt mich unter den Armen und will mich aus dem Stuhl heben. Als ich ihm einen Kuß auf die Wange drücke und überheblich lache, läßt er mich sofort los. Der Mensch wird geboren, um Waise zu werden, denke ich. Aber weil der Satz nur für Nadja bestimmt ist, spreche ich ihn nicht aus. Sie mag es, wenn wir in Kleidern auf dem Bett liegen, bevor wir miteinander schlafen, wie Teenager, die sich nicht trauen, sich auszuziehen.

Auf der Treppe geht Nadja voraus. Sie trällert eine Melodie, die ich noch nie gehört habe und die mir nicht gefällt. Ich hänge mich mit meinem ganzen Gewicht an die beiden Deutschen und drücke sie beinahe zu Boden. Alle paar Meter müssen sie mich neu anpacken, dann stöhne ich, obwohl ich jetzt kein Mitleid will. Sie halten mich bestimmt für einen Schwächling oder Simulanten, lassen mich aber trotzdem nicht los. Sie werden das Hotel zusammen mit meiner Freundin verlassen, werden mit ihr in die katalanische Nacht verschwinden. Ich mache mich schwer, im Moment sollen sie mich gar nicht mögen. Sie sind kräftig genug, um mich bis in unser Zimmer in der 3. Etage zu tragen.

Nadja hat die Reisetasche ausgekippt und ihre Kleider und ihre Wäsche im ganzen Raum ausgebreitet, auch auf dem Bett. Ich nehme ihren Zeigefinger in den Mund und lutsche daran, was sie nicht zurückhalten wird. Die Fingerkuppe ist weich und schmeckt nach Salz. Nadja läßt mich ziemlich lange gewähren, dann gibt sie mir einen Zungenkuß, ohne mich zu berühren. Die beiden Deutschen sehen aus wie Zeugen, sie warten geduldig. Bevor sie gehen, verschwindet Nadja im Bad. Als sie zurückkommt, hat sie sich die Lippen geschminkt.

Dann lasse ich Nadja gehen, sie und die beiden Deutschen.

Nach einer Weile lege ich mich auf das Doppelbett, bin mit mir und meinem Körper alleine und mache mich auf die Suche nach Trost.

Das Licht war grell, die Luft trocken und heiß. Die Berge in der Ferne waren blau, baumlos, unwirklich.

»Ich kenne den Namen jedes einzelnen Hügels«, sagte sie.

»Hier gibt es keine Hügel.«

»Keine Hügel? Und was ist das dort?« fragte Nadja und schüttelte mitleidig den Kopf.

»Das sind Berge«, sagte ich, »Berge aus richtigen Steinen und Felsen. Mit Kreuzen auf dem Gipfel und mit senkrechten Wänden.«

Sie schwieg fast eine Minute lang, dann stieß sie mir den Ellbogen in die Seite. Sie lächelte an mir vorbei.

»Ich kenne den Namen jedes einzelnen Berges«, sagte sie.

Das Meer auf der linken Seite war ein Blatt, auf das jemand sorgfältig eine Welle nach der anderen gezeichnet hatte. Kamm nach Kamm.

»Ich bin nicht bereit, darauf einzugehen«, sagte ich vage.

Nadja nickte und legte mir beschwichtigend die Hand auf den Arm. Eine Fähre reflektierte Sonne. Nadja lehnte ihre Stirn gegen das Fenster des Reisebusses, in dem wir seit mehr als zwölf Stunden saßen. Meine Lippen fühlten sich taub an, aufgedunsen und prall gefüllt mit meinem warmen Blut.

An einer Tankstelle in der Nähe von Genf hatte der Bus das erste Mal angehalten. Wir vertraten uns die Beine in einem Tannenwäldchen und nahmen dann den Rest des Speeds, weil es uns gefährlich schien, es über die Grenze nach Frankreich mitzunehmen. Wir hatten uns an einen Holztisch neben einer gemauerten Feuerstelle gesetzt, um die restlichen Pillen aus dem Döschen zu schütteln. Jemand hatte das Wort Tisch in die Tischplatte geschnitten. In einer Tanne hing eine Schaukel. Mein Körper pulsierte angesichts der Tatsache, daß ich am Rande einer Autobahn neben meiner Freundin saß, sie begehrte und mich gleichwohl nicht rührte. Ich legte meine zitternden Hände neben ihre zitternden Hände. Wir sahen uns nicht an. Bevor wir wieder in den Bus stiegen, legte mir Nadja ihre Hände wie eine Manschette um den Hals. Sie hatte beide Augen geschlossen. Das leere Pillendöschen legte ich auf den Rost der Grillstelle und zündete es an. Das Plastik hatte sich verfärbt und verkrümmt und war dann auf die Steine unter dem Rost getropft. Der Fleck, der zurückblieb, war gelb und hatte die Form eines Löffels.

Die Landschaft vor den Busscheiben drehte vorbei wie die Bildchen eines Daumenkinos. Der Fahrer lächelte unentwegt, dabei war er bestimmt erschöpft. Sein Nylonhemd hatte Schweißflecken. Die meisten Fahrgäste dösten. Einige schmatzten im Schlaf. Andere redeten oder murrten wie zufriedene Kinder. Wir waren die einzigen, die keine bunte Freizeitkleidung trugen. Abgesehen von den sechs Kindern waren wir mindestens zehn Jahre jünger als die anderen. Die großen Rückspiegel drehten die Landschaft seitlich weg, lösten sie auf und verwandelten die Sonne in Blitze, die durch die Kabine und über unsere Gesichter zuckten.

»Die Luft ist nicht unsichtbar, hat aber keine Farbe«, sagte Nadja.

Das Radio knisterte. Ein Mann schnarchte, bis ihn seine Frau auf den kahlen Hinterkopf schlug. Kurz nach Narbonne hielt der Bus ein zweites Mal. Wir tranken einen Espresso in der kühlen, schmutzigen Bar. Die anderen Fahrgäste saßen gemeinsam an Picknicktischen, die direkt an der Fahrbahn standen. Frauen liefen kreischend hinter Sonnenhütchen her, die der Wind vor ihnen hertrug. Auf der Toilette kaufte ich von einem Schwarzen etwas Haschisch, das Nadja und ich sofort rauchten. Bevor wir weiterfuhren, mußte ich mich übergeben. Ich beugte mich über einen Abfalleimer, traf aber daneben. Nadja stieg in den Bus, ohne sich um mich zu kümmern. Ihr Gesicht war ein weißer Fleck, Hunderte von langen Metern entfernt, und ich stieg grinsend in den Bus und setzte mich neben meine kichernde, schöne Freundin.

Drei Kinder, die weit auseinander saßen, begannen gleichzeitig zu quengeln, als hätten sie sich an der Raststätte abgesprochen. Wir überquerten die spanische Grenze. Der Zollbeamte winkte den Bus vorbei, schickte jedoch einen strengen Blick in meine Richtung. Die Kinder gackerten wie Hühner, niemand wies sie zurecht.

»Rüttelt an euren Türen«, sagte Nadja laut.

Einige der Fahrgäste drehten sich nach ihr um und schüttelten die Köpfe. Die Kinder schnitten Grimassen. Ein Mädchen schwenkte begeistert ihre Barbie-Puppe.

»Achtet auf die Scherben und die Splitter«, sagte Nadja.

»Sie gehören nicht in diesen Bus«, sagte ein Mann, der drei Reihen vor uns saß und Nadja voller Haß anstarrte.

»Und Sie sind tot«, sagte Nadja.

Der Fahrer sah in den Rückspiegel und startete einen Videofilm auf dem Bildschirm, der hoch über dem Mittelgang angebracht war. Der Mann wollte Nadja etwas entgegnen, aber die bewegten Bilder waren machtvoll und verlangten Aufmerksamkeit. Dösende Fahrgäste schreckten hoch und setzten sich aufrecht hin. Ihre Gesichter, über welche Sonne tanzte, bekamen einen verträumten Ausdruck. Menschen waren unterwegs zum stillen Mittelpunkt ihres Daseins. Auf der Suche nach der Bestätigung, daß im Universum Ordnung herrscht und alles an seinem vorgesehenen Platz war. Ich atmete stoßweise, sah eine fette Frau, die vor einem Backofen kauerte und Kochrezepte murmelte. Funken sprühten, und meine Arme loderten. Allerdings nur, wenn ich sie anhob und bewegte.

»Küß mich«, bat ich Nadja leise.

»Kann ich nicht.«

»Warum kannst du nicht? Küß mich. Bitte.«

»Meine Lippen sind giftig«, sagte Nadja traurig.

Der Bus war schnell unterwegs. Trotzdem wurden wir fortwährend überholt, auch von Campern und Tanklastzügen. Das Tageslicht brannte in meinen Augen wie eine scharfe Flüssigkeit. Das Armaturenbrett vibrierte, als auf dem Bildschirm eine Bombe explodierte. Ein Stöhnen ging durch den Bus. Nadja öffnete das aufklappbare Amulett, das sie an einem Lederband um den Hals trug und das früher ihrer Großmutter gehört hatte. Sie nahm zwei grüne Kapseln heraus und legte sie lächelnd auf ihre verschwitzte Handfläche.

»Die eiserne Ration«, sagte sie, »bitte bedienen Sie sich, Herr Doktor.«

Wir schluckten die Kapseln und warteten. Der Himmel färbte sich altrosa. Das Meer rollte unermüdlich gegen Hotelfestungen an und zog sich wieder zurück. Ein Mann öffnete eine Bierdose. Er trank und drückte die Dose dann an die erhitzte Wange seiner Frau.

»Es fühlt sich an, als hätte ich eine Socke über der Nase«, sagte Nadja.

»Eine Socke?«

»Sie ist kühl und aus Baumwolle. Und sie riecht nach dir.«

»Ich habe keinen Geruch«, sagte ich.

»O doch, hast du. Im Moment riechst du wie die Motorhaube eines Ford Mustang, der seit vielen Jahren nicht mehr gefahren worden ist und unter einem Nußbaum vor sich hinrostet.«

Ich schwieg, Nadja schwieg. Das Herz schlug mir in der Kehle. Mein Körper fühlte sich an, als liege er in lauwarmem Wasser, das soeben gurgelnd im Abfluß verschwand. Ich fror, und die Zähne drückten gegen meine Lippen, als müßte ich unbedingt etwas sagen.

»Im Keller ist es dunkel und deprimierend«, sagte ich.

»Hat dir deine Mutter auch das Gesicht mit einem Taschentuch saubergewischt, als du noch ein Kind warst?« fragte Nadja.

»Das tun alle Mütter.«

»Hat sie auch hineingespuckt? Vorher?«

»Auch das tun alle Mütter«, sagte ich.

»Ich hasse den Geruch von Speichel.«

»Von meinem auch?«

»Nicht immer«, sagte Nadja.

Ihr Haar war strähnig. Ich entdeckte Gänsehaut auf ihren Armen. Sie sah aus wie eine Puppe. Gläsern und erstarrt. Plötzlich begann sie, laut zu summen und sich unruhig umzusehen. Dann nahm sie eine schützende Hockstellung ein und steckte ihren Kopf zwischen die angezogenen Beine. Ihr Summen war leiser und eindringlicher geworden. Im nächsten Augenblick explodierte die Welt.

Es regnete Scherben, Glassplitter und Handtaschen. Unser Bus neigte sich zur Seite, schlenkerte und drehte sich im Kreis. Ich wurde derart heftig gegen den Vordersitz geschleudert, daß dessen Lehne zerbrach. Warme Flüssigkeit klatschte in mein Gesicht, aber ich wußte, daß es nicht mein Blut sein konnte. Jemand schrie.

Dann war alles vorbei. Ich saß im Mittelgang. Nadja stand gebieterisch und offenbar unverletzt über mir als Göttin der Barmherzigkeit. Sie nahm mich in den Arm. Der Bus hatte jetzt ein großes Loch in der Seite, durch das wir auf eine Wiese sprangen, die von der Sonne versengt war. Eines der Kinder lachte hysterisch. Frauen kreischten. Das Gerücht, ein Mann sei schwer verletzt, machte die Runde.

Wir setzten uns für eine Weile zu den anderen Fahrgästen ins Gras und untersuchten uns. Ich blutete an der Stirn. Aber der Schnitt war zu klein, um genäht werden zu müssen. Mein rechter Fuß war stark geschwollen und schmerzte bei jeder Bewegung oder Berührung. Nadja war tatsächlich unversehrt. Sie hatte keine Schmerzen. Sie strahlte, denn sie war verschont, auserwählt.

»Ich hatte einen Unfall, gut«, wiederholte ein Mann neben uns wieder und wieder.

Er hatte eine offene Wunde am Unterarm, die stark blutete. Aus dem Motorblock des Busses stieg Rauch. Bald tauchten drei Krankenwagen und zwei Polizeiautos auf. Männer in Uniformen stellten Fragen, Sanitäter beugten sich über Verwundete und redeten beruhigend auf sie ein. Nadja und ich wurden gar nicht beachtet, befanden uns in einer anderen Sphäre, waren unsichtbar. Schließlich erhoben wir uns, um uns ein Stück von der Unfallstelle zu entfernen. Natürlich hatte sich längst eine Autokolonne gebildet, die sich im Schrittempo am qualmenden Bus vorbeibewegte. Wir gingen über knirschendes Glas und verbogene Metallteile. Auf dem Pannenstreifen lag ein Strohhut. Wir ernteten erschrockene und zugleich bewundernde Blicke. Ich humpelte, Nadja tupfte mir alle paar Sekunden mit einem Taschentuch das Blut von der Stirn. Sie schien zu schweben, war umgeben von der Aura einer Unberührbaren. Mir lief Schweiß über das Gesicht. Es stank nach Benzin. Ein Lichtschein erhob sich von der verschmierten Fahrbahn, stand in erhabener Brillanz über der Szene und erlosch. Ich spuckte kein Blut, bloß Speichel, einen pendelnden Faden, den ich mit der Hand unterbrach und wegwischte.

Nadja stand dicht vor den vorbeifahrenden Autos und sah aus wie eine Heilige auf der Suche nach Sündern. Ihre nackten Beine und Arme glänzten, als hätte sie sie mit Sonnenöl eingerieben. Ihr silberner Armreif sandte Signale an die Schaulustigen. Es dauerte nicht lange, dann scherte ein Wagen mit deutschem Kennzeichen aus der Kolonne aus und hielt neben ihr. Der Opel Rekord war hellblau und hatte eine Delle auf der Motorhaube. Als hätte sich ein sehr schwerer Mensch darauf gesetzt. In dem Wagen waren zwei Männer in meinem Alter. Sie waren attraktiv und strahlten eine Bedrohung aus, die mich faszinierte und zugleich ängstigte.

»Warst du in dem Bus?« fragte der Fahrer Nadja.

Sein Oberkörper war nackt. Er trug zerrissene Jeans und hatte eine imposante Tätowierung auf dem rechten Oberarm.

»Das hier ist mein Freund«, sagte Nadja und zeigte auf mich.

»Ist er verletzt?« fragte der Beifahrer, der ein ärmelloses Hemd und eine Sonnenbrille mit winzigen gelben Gläsern trug.

»Es ist nur mein Fuß«, sagte ich und legte den Arm um Nadja.

»Ihr kommt aus der Schweiz, nicht?«

»Und ihr aus Deutschland«, sagte ich.

»Ihr seid als Mitfahrer akzeptiert«, sagte der Fahrer.

»Natürlich nur, wenn ihr wollt«, fügte der andere hinzu.

»Kommt drauf an«, sagte Nadja und löste sich von mir.

»Wir sind mit dem Bus dahinten unterwegs«, sagte ich.

Die beiden Deutschen konnten sich vor Lachen kaum mehr beruhigen. Ich sah Nadja scharf an, aber sie lachte trotzdem mit. Sie schüttelte ihren Kopf und fuhr sich durch die Haare.

»Wohin fahrt ihr überhaupt?« fragte sie.

»Vorerst nach Barcelona«, antwortete der Tätowierte. »Danach sehen wir weiter. Madrid. Malaga. Zaragoza. Je nach Laune.«

Der Beifahrer lehnte sich aus dem Fenster. Er trug einen Ring in Form einer Klapperschlange.

»Nach Barcelona. Genau wie wir«, lachte Nadja.

»Aber wir haben den Bus bezahlt.«

Ich bereute den Satz, kaum war er gesagt. Nadja zuckte mit den Achseln und hob abwehrend die Hände.

»Was ist mit eurem Gepäck?« fragte der Fahrer und schaltete endlich den Motor aus.

»Ist im Bus«, sagte Nadja und sah mich an, »was meinst du?«

»Ich bin müde«, sagte ich.

»Dann laß uns von hier verschwinden.«

»Vergiß den Bus. Das dauert Stunden«, behauptete der Fahrer.

»Wenn überhaupt«, ergänzte der andere.

»Vielleicht ist mein Fuß gebrochen.«

»Quatsch! Laß uns von hier abhauen, komm«, sagte Nadja.

»Setz dich in den Wagen«, sagte der Fahrer und sah mich zum ersten Mal richtig an, »wir holen euer Gepäck, und dann bringen wir euch nach Barcelona. In zwei Stunden sind wir dort.«

»Und trinken ein schönes Bier auf der Ramblas«, ergänzte der Beifahrer.

Ich setzte mich in den Fond des Opels. Die Deutschen nickten sich zu und stiegen aus. Der Tätowierte war barfuß. Nadja beugte sich durch das offene Fenster in den Wagen und strich mir mit zwei Fingern über die Wange, wie man es bei einem Schüler tut, den man wegen seiner ungenügenden Noten trösten will. Trösten und aufmuntern.

»Wir sind gleich zurück«, sagte sie, »ruh dich aus, ja?«

Die beiden Deutschen nahmen meine Freundin in die Mitte, und es sah aus, als würden sich die drei schon lange kennen. Nadja drehte sich kein einziges Mal um. Ein Mann wurde aus dem Bus getragen. Die Sanitäter legten ihn auf eine Bahre und deckten ihn mit einem weißen Laken zu. Sie bedeckten auch sein Gesicht. Eine Frau schlug die Hände über dem Kopf zusammen und ging neben dem Toten in die Knie. Sie hatte die Macht, die Stimmung am Ort des Unfalls zu verändern und zu bestimmen. Sie schrie lange und hoch. Umstehende falteten die Hände, verstummten und neigten die Köpfe. Selbst die vorbeifahrenden Autos hielten an. Ein Polizist nahm die Frau am Arm und führte sie weg. Er hielt ihren Arm umfaßt, als stünde sie unter Arrest. Mir wurde bewußt, daß ich am Leben war. Schmierte mein Blut über die Rückseiten der Vordersitze und hätte gerne etwas geschrieben damit. Schloß die Augen und klapperte ungeduldig mit den Zähnen. Mein Kopf war aus Styropor. Brach ein Stück der Wange heraus und beide Augenhöhlen. Dann streckte ich mich auf der Opelrückbank aus, auf der Suche nach der Tür, die sich öffnet, nach dem Korridor mit dem flauschigen Teppich und dem Panoramafenster an seinem Ende, durch das man in den blühenden Garten sehen kann.

Die Kurbel auf meiner Seite fehlte. Deswegen konnte ich das Fenster nicht herunterdrehen. Hinter dem Beifahrersitz lag eine leere Rioja-Flasche. Nadja rauchte eine Zigarette nach der andern. Meist gab ihr Jochen Feuer. Es gefiel ihm, sein Feuerzeug anzumachen, das wie der Kotflügel eines alten Chevrolets geformt war. Ich hatte die Turnschuhe ausgezogen und den geschwollenen Fuß auf Nadjas Schoß gebettet. Aber es wurde ihr bald zu unbequem. Wenn die beiden Deutschen etwas sagten, beugte sie sich nach vorne und streckte ihren Kopf zwischen die Vorderlehnen. Dann konnte ich ihren Nacken und ihre Achselhöhlen sehen, die sie sich vor der Abreise rasiert hatte.

Jürgen fuhr langsam, majestätisch. Sein Oberkörper war noch immer entblößt. Aus der Nähe besehen erwies sich seine Tätowierung als eher kümmerlich. Kaum waren wir losgefahren, hatte Jochen einen Joint gedreht. Der Rauch stand lange Zeit als Glocke im Fond. Meine Stirnwunde hatte aufgehört zu bluten. Nadja war aufgeregt, schien glücklich. Sie redete und redete, legte ihre Hand bald auf Jürgens, bald auf Jochens Schulter. Mich faßte sie an wie eine Krankenschwester. Ich war ihr Patient, und sind nicht alle Patienten lästig? Ich hätte sie gerne umarmt.

»Nun gib aber Gas, Kumpel«, sagte Jochen alle paar Minuten.

Aber Jürgen ließ sich nicht drängen. Er schwenkte nicht einmal auf die Überholspur. Wir hörten keine Musik. Die beiden Deutschen redeten vor allem über Deutschland. Jürgen stammte aus Ulm, Jochen aus Chemnitz. Kennengelernt hatten sie sich auf Ibiza. Auf einer Raststätte kurz vor Barcelona rauchten wir einen weiteren Joint. Ich setzte mich ins Gras. Die anderen blieben stehen, tänzelten, hüpften auf der Stelle. Jürgen zog sich endlich ein T-Shirt über. Es war weiß und unbeschriftet und leuchtete in der Abendsonne.

Als wir weiterfuhren, setzte sich Nadja nach vorne zu Jürgen. Ich konnte nicht verstehen, worüber sich die beiden unterhielten, weil Jochen pausenlos auf mich einredete. Seine Augen glänzten, er schwitzte vor Begeisterung. Er sprach über Drogen, spanische Mädchen und eine bestimmte Bucht auf Ibiza. Ich hockte reglos neben ihm, hielt ihm pro forma mein Ohr entgegen und ließ ihn seinen Monolog halten. Nadja lachte, ich hatte keine Ahnung, worüber. Wir hörten jetzt Musik, sanften Trance, der sich im Innern des Autos ausbreitete wie der Rauch eines weiteren Joints. Ich schüttelte den Kopf wie ein Hund, der eben aus einem Fluß gestiegen ist. Jochen sprach unbeirrt weiter. Er hatte seine Stimme gedämpft und redete direkt in mein Ohr hinein. Aber schließlich verstummte er: Meine Hand lag auf seinem Arm, mein Blick ruhte auf seinem Mund, der sich eben noch bewegt hatte.

»Es ist nicht leicht, die Freundlichen von den Feindseligen zu unterscheiden«, sagte ich sehr laut.

Jochen sah mich an, als hätte ich den Verstand verloren. Er wartete auf mein erlösendes Lächeln, aber ich starrte mit steinerner Miene knapp an ihm vorbei.

»Wißt ihr eigentlich, wo ihr in Barcelona wohnt?« fragte er.

»Nein«, sagte Nadja sofort, »leider nicht.«

»Wir kennen nämlich ein Superhotel«, sagte Jürgen.

Wir hatten mittlerweile den Stadtrand erreicht und gerieten in einen Stau. Abgasschwaden standen in der Luft, trieben durch die Straßenschluchten. Der Lärm war ohrenbetäubend.

»Billig, sauber und total zentral«, sagte Jürgen.

»Klingt doch großartig«, sagte Nadja, »was denkst du?«

»Ja«, sagte ich, schüttelte den Kopf und verschwieg meine Gedanken.

Drei Augenpaare folgten meiner Hand, die durch die Luft schwebte und dann gegen die geschlossene Scheibe hämmerte, als verlangte ich Einlaß. Jochen saß im weichen Licht neben mir wie ein Gegenstand. Dann weinte ich, aber so, daß es niemand bemerkte, nicht einmal Nadja.

Ich liege auf dem Rücken und beschließe, die Wartezeit zu gestalten, die Leere zu strukturieren. Ich habe die Hände vor dem Geschlecht gefaltet. Meine Finger riechen. Wenn ich eine Schere hätte, würde ich mir die Haare schneiden und die abgetrennten Locken wie welke Zwiebelhäute über den Fußboden schweben lassen. Hundertmal wiederhole ich ihren Namen, dann fünfzigmal, und dann beginne ich wieder von vorn.

Die liturgische Wiederholung ihres Namens ist erholsam, zugleich verstört sie mich. Ich stelle mir ihren Körper vor, Stück für Stück, ich beginne mit den Füßen. Wenn Nadja vollständig vor mir steht, bringe ich das Bild zum Verschwinden, um es erneut heraufbeschwören zu können.

Ich warte nackt und verbiete mir den Trost des Schlafes. Nadjas Kleider habe ich auf das Bett gehäuft, sie bedecken mich, sind der Deckel meines Sarges. Ich wühle mich in die Shirts und Sommerkleider mit aufgedruckten Blumen, wie ich mich früher in die Bettdecke meiner Eltern wühlte, weil ich riechen wollte wie Mutter und Vater. Dann bietet sich mir ein Anblick, wie ich ihn vielleicht nie mehr sehen werde: Nadja beugt sich mit ausgebreiteten Armen über mich wie ein Kolibri über eine Blüte, ein Hund über den Napf. Sie gehört zu mir, das sehe ich ihr an, niemals werde ich sie vergessen oder verraten. Dann stehe ich im strömenden Regen vor einem Haus, das ich noch nicht kenne, viele Jahre sind vergangen, Nadja blutet aus der Nase, denn ich habe sie mit der Bürste geschlagen, mit der ich unser Geschirr säubere. Sie wirft den Wohnungsschlüssel in die Nacht, sie hat gar nichts mitgenommen, nur ihren Paß. Schau, ich hab mir die Stirn gestoßen, ich blute, schau. Wir sind ein Paar.

Der Balkon des Hotelzimmers geht auf die Calle de Hospital. Der Verkehr nimmt kein Ende. Ein Spruchband ist über die Straße gespannt. Es bewegt sich im Wind, das sehe ich vom Bett aus. Menschen lachen, reden. Wenn Nadja nicht mit mir zusammen wäre, wäre sie mit jemand anderem zusammen. Siehst du, wir reden. Mach auf keinen Fall das Licht an, die Dunkelheit ist warm. Meine Fingerspitzen sind gelb. Ich bin hungrig, aber ich bleibe liegen. Mein Fuß brennt. Ich bin dreiundzwanzig, nein vierundzwanzig, ich kann mich wirklich nicht erinnern. Ich bin so jung. Was sind die Folgen eines

Gebets, das man in die Finsternis eines Hotelzimmers spricht? Stell dir vor, du krümmst dich zusammen und schwebst in der Dunkelheit. Das Gebäude gegenüber ist baufällig. Nadja sitzt mit Jochen und Jürgen in einer Bar, die erstaunlicherweise beinahe leer ist. Sie essen Tapas mit den Fingern. Nadja läßt sich von Jürgen die Tomatensauce vom Daumen lecken. Jochen schaut verlegen aus dem Fenster. Er denkt aber nicht an mich, nein. Komm in meine Arme. Teilen wir den Schlaf. Dann darfst du mich erwürgen.

Albert lügt. Seine Stimme ist zu dunkel und zu voll für seinen Körper. Er kauert in der Ecke unseres Saales und behauptet, vor zwei Tagen sei ihm Gott begegnet. »Er stand vor den drei Tannen im Park und sah aus wie meine Mutter.« Das ist der Satz, den Albert seit heute morgen unablässig wiederholt. Wir haben ihn gebeten, endlich damit aufzuhören, aber Albert hält sich an keine Vorschriften.
Albert ist hager, hübsch. Er hat dichtes Haar, das sich wie eine Pelzkappe an sein Schädelchen schmiegt. Er hat spitze kleine Zähne, die aussehen, als seien sie mit einer Feile bearbeitet worden. Nachts kann ich manchmal erkennen, daß sie leuchten. Dann liegt Albert rücklings auf seinem Bett und hechelt wie ein Hund, der erfolglos eine Katze durch den Park gejagt hat.
Albert sagt, sein Kopf sei eine Schachtel, die auf dem Dachboden eines Hauses liege, das demnächst abgerissen wird. Die Mieter des Hauses sind bereits ausgezogen, behauptet er, und natürlich haben sie alle ihre Möbel mitgenommen. Auch den Dachboden haben die früheren Bewohner geräumt. Nur die besagte Schachtel blieb zurück. Sie ist in blaues Geschenkpapier eingeschlagen und hat eine Schleife, die im Sonnenlicht glänzt, als sei sie aus Gold. In der

Schachtel befindet sich eine Musikdose, sagt Albert, so sieht es in meinem Kopf aus. »Willst du meine Musik hören?« Dann summt er. Albert kauert in der Ecke und hat seinen Kopf mit beiden Händen umfaßt wie ein kostbares Instrument.

Albert schwitzt und verströmt einen intensiven Geruch, der mich an Äpfel erinnert, die in einem Kellerverlies neben Birnen und Kartoffeln liegen und darauf warten, von jemandem mit einem Taschentuch poliert und danach gegessen zu werden.

Unsere Besucher kommen tagsüber, diejenigen von Albert dagegen kommen nachts. Sie klopfen an die verschlossene Tür, genau so, wie es abgesprochen ist, und dann läßt er sie ein in unser Reich. Sie gehen in der Dunkelheit an unseren Betten vorbei, man sieht sie kaum, kann sie höchstens erahnen, sie müssen auf Zehenspitzen gehen, schweben. Sie setzen sich an Alberts Bett, wo sie flüstern und wispern. Dieses Geflüster dringt in meinen Schlaf, beeinflußt meine Träume.

Einmal bin ich mitten in der Nacht erwacht: Albert kniete mit gefalteten Händen auf seinem Bett. Ein Mann stand vor ihm. Der Mann legte eine Hand auf Alberts Scheitel wie ein Bischof. Die Luft leuchtete, und meine Finger rochen nach Weihrauch.

In der Welt vor den Fenstern fällt ein weicher Sommerregen. Ich erinnere mich, wie sich die Tropfen auf meinen nackten Beinen, den Armen und meiner Stirn anfühlen. Barfuß gehe ich durch das nasse Gras und lasse mich in den See gleiten, dessen Oberfläche von den Regentropfen gepeitscht wird. »Ich kann nicht schwimmen, aber ich kann fliegen.« Das behauptet Albert immer und immer wieder. »Meine Arme sind Flügel und mein Mund ein Schnabel«, flüstert er mir ins

Ohr. »Mein Bart ist mein Federkleid«, haucht er, »die Fingernägel sind Krallen.« Sein Bademantel hindert ihn daran, die schweren Flügel zu spreizen und seine Schwingen vor uns auszubreiten.

Albert besitzt eine Rasierklinge, die er mir manchmal zeigt. Sie blitzt im Licht der Neonröhren wie das Schwert des Gerechten. »Du darfst sie gerne benützen«, bietet mir Albert regelmäßig an und legt die Klinge in meine offene Hand, obwohl ich den Kopf schüttle.

Bei vollem Mond hängt das Licht wie Laken zwischen unseren Betten. So können wir träumen, ohne die anderen zu stören. Albert trägt ein silbernes Kreuz um den Hals. Wenn er es in den Mund nimmt, sieht er aus, als weine er. Er sagt, daß er mein Grab besuchen würde. »Und du?« fragt er und summt, summt. Nein, denke ich, nein, ich würde dein Grab niemals besuchen. »Ich würde mich auch um die Blumen kümmern«, sagt er, »und du?«

Ich würde Albert gerne erzählen, warum ich hier bin. Aber Albert will es nicht wissen. Er hat Angst vor sich selbst, darum ist er hier. »Du sollst dich vor mir fürchten«, hat er seiner Frau befohlen. Er hat darum gebettelt, daß sie ihn als eine Krankheit erkennt, die über sie kommt, das Unheil, ihr Ende. All das hat mir Albert nicht erzählt. Ich weiß es, weil ich hören kann, was er denkt. Ich setze mich neben ihn und versuche, unseren Saal mit seinen Augen zu sehen.

Wir warten gemeinsam auf den Abend. Wir atmen synchron. Sind beinahe gleich groß. Dann wird es Abend, und wir legen uns in unsere Betten, die weit auseinander stehen. »Willst du meine Musik hören?« fragt Albert, »mein Leben liegt vor mir wie eines der Schnittmuster, nach denen meine Mutter ihre Kleider schneiderte«, behauptet er.

Dann töte ich ihn.

Er liegt auf dem Rücken. Ich knie neben ihm am Fußboden und betrachte ihn. Albert ist hager und hübsch. Dann bringe ich ihn um. Ich knie auf ihm, er schnappt nach Luft, ich habe beide Hände um seinen Hals gelegt. Ich denke, daß ich wieder an Gott glauben könnte, jetzt schon. Albert summt, summt mit geschlossenen Augen, und da höre ich sie endlich, seine Musik. Die Musikdose ist weinrot, mit silbernem Beschlag, und ich rolle den grasbewachsenen Abhang hinunter. Die Eltern sitzen schweigend in ihren Korbsesseln und sehen mir zu, ohne mich zu erkennen, bis ich zu ihren Füßen liege, ihnen die Gänsehaut auf meinen nackten Unterarmen präsentiere und meinen Namen nenne.

Als ich erwache, ist es kurz vor drei Uhr. Ich friere, bin hungrig. Und ich habe ihn auf der Zunge, den Geschmack ihrer Haut. Auf der Straße lacht eine Frau, es ist nicht Nadja. Jürgen ist Nichtraucher. Die Verbindungstür zum Zimmer der Deutschen ist nicht abgeschlossen. Sie teilen sich ein Doppelbett. Mein Fuß hat sich blau verfärbt und ist dick geschwollen. Ich kann nicht damit auftreten. Ein Auto hupt. Humpelnd bewege ich mich durch das Zimmer der Deutschen. Auf der Heizung hängen graue Socken, dabei ist der Heizkörper kalt. Im Bad liegen ein Rasierapparat sowie zwei Wegwerfrasierer, im Schrank stehen ihre Taschen.

Ich öffne sie, leere ihren Inhalt auf den Steinboden. Ein Käfer läuft unters Bett. Das Kleiderbündel will nicht brennen, ich versuche es so lange, bis die Streichholzschachtel leer ist. Der Schmerz in meinem Fuß ist überwältigend. Mein Schätzchen kommt bald, flüstere ich. Dein Gesicht hat die Größe eines Kieselsteines. Gerne würde ich jetzt Kleider tragen, aber ich bin nackt. Zwischen den Hemden, T-Shirts, Socken, Unterhosen und Shorts der Deutschen finden sich ein

Kriminalroman, eine Pocketkamera, Mokassins, eine Sonnenbrille, drei Pornomagazine, Medikamente gegen Sodbrennen, Präservative. Und eine Musikdose, die in ein Samttuch eingewickelt ist, was mich nicht erstaunt. Ich ziehe Boxer-Shorts und ein T-Shirt an. Ich bin weder Jochen noch Jürgen.

Die restlichen Kleider schmeiße ich vom Balkon. Sie landen auf der Fahrbahn, auf der Stoffmarkise eines Restaurants und auf den Tischen eines Straßencafés, das bereits geschlossen hat. Der Wind trägt das Samttuch der Musikdose über die Straße wie die Flagge eines Landes, das es gar nicht gibt. Vor einer Haustür steht ein Paar. Sie sehen dem Tuch nach, es dreht sich in der Luft, steigt über die Dächer und verschwindet in der Nacht. Dann entdeckt mich das Paar. Sie winken und lachen. Ich warte, bis sie das Haus betreten haben. Die Musikdose liegt mir gut in der Hand. Die Melodie, die sie spielt, kenne ich aus der Kindheit. Ich singe sie mit, ohne mich an ihren Titel erinnern zu können.

Es sind jetzt kaum mehr Autos unterwegs. Die Melodie steht in der Luft wie der Gesang eines Vogels, der sich in die Stadt verirrt hat. Ich ziehe die Dose immer wieder auf und spiele die Melodie ab.

Später klettere ich auf das Geländer des Balkons, muß mich an der Hausmauer abstützen, um nicht das Gleichgewicht zu verlieren. Müde bin ich, geh zur Ruh'. Ich bin gezwungen, lange auszuharren. Aber schließlich erscheinen sie am Ende der Straße.

Jochen geht etwas abseits von Nadja und Jürgen, die sich nicht an der Hand halten. Nadja entdeckt mich zuerst. Sie stößt einen Schrei aus und setzt sich sofort in Bewegung. Sie rudert mit den Armen, während sie läuft. Wahrscheinlich ist sie angetrunken.

Sie bleibt direkt unter dem Balkon stehen und sieht mich

vorwurfsvoll an. Die beiden Deutschen halten sich zurück. Sie schweigen. Die Musikdose fällt mir aus der Hand, landet auf dem Dach eines Autos und spielt weiter. Sie ist gut zu hören. Ich kenne die Melodie wirklich nicht. Nadja keucht. Sie preßt ihre Lippen zu einer unnachgiebigen Linie zusammen und reckt das Kinn in die Höhe, als wolle sie geküßt werden.

Ich habe keine Ahnung, was ich als nächstes tun werde. Aber ich weiß, daß die Menschen nicht fliegen können. Und dann stoße ich einen Schrei aus, um der Welt mitzuteilen, daß ich meinem Schicksal nicht unbedingt traue.

IN SEINEM JUNGENZIMMER unter dem Dach staut sich die Hitze auch nachts. Früher ist er aus dem Fenster der Lukarne gestiegen, drei, vier Meter über die steilen Ziegel geklettert und dann auf das Flachdach des gedeckten Balkons im zweiten Stock gesprungen. Manchmal hat er die ganze Nacht auf diesem Ausguck verbracht. Hat sich in seinen Schlafsack verkrochen, auf den Rücken gedreht und in die Sterne gestarrt, bis ihm die Augen zugefallen sind. Nun ist ihm das zu gefährlich. Er steht am offenen Fenster, das Licht hat er ausgemacht, damit sich die Augen an die Dunkelheit gewöhnen und damit er die Scheinwerfer der Autos besser sieht, die am gegenüberliegenden Seeufer unterwegs sind.

Sein Vater hat keine Ahnung, daß er hier oben schläft, in seinem früheren Zimmer, das leer ist bis auf das schmale Bett, das Pult und den Stuhl mit der Sitzfläche, in die er mit dem Taschenmesser die Buchstaben R und S geschnitten hat: ROLLING STONES. Sein Vater nimmt an, daß er im Gästezimmer im Erdgeschoß übernachtet, so wie die vier, fünf Male, die er in den vergangenen Jahren nicht mehr nach Zürich zurückgefahren ist.

Ihm ist bewußt, daß er Xaver all die Jahre falsch eingeschätzt hat. Er hat Xaver nie gemocht, nicht wirklich. Und trotzdem sind sie Freunde gewesen. Kinder sind nicht nur grausam, sie sind auch bestechlich und feige, denn sie sind nicht gerne allein. Nach der Schule haben sie sich aus den

Augen verloren. Auch das ist nicht außergewöhnlich. Eigentlich hat er nie an Xaver gedacht, hat ihn nicht vermißt. Und wenn Xaver die Geschichten gar nicht selbst geschrieben hat? Was weiß er vom Apotheker, von seinem Leben, seinen Wünschen, Träumen?

Das schwarze Samttuch riecht nach Maschinenöl und hat vier Risse am Rand, die aussehen, als stammten sie von der Pfote eines großen Tieres. Bevor er den Deckel des Holzkästchens hochklappt, stellt er sich vor, welche Melodie die Musikdose wohl spielen könnte: ›Stille Nacht, heilige Nacht?‹ ›Frère Jacques?‹ ›Muß I denn zum Städtele hinaus?‹ Die Anfangstakte einer berühmten Symphonie? Woher soll er wissen, welche Musik Xaver mag? Der Deckel klemmt, er schüttelt das Kästchen, denkt sogar daran, es auf die Tischkante zu knallen, aber da springt der Deckel auf: In der gepolsterten Vertiefung liegt keine Musikdose, sondern ein polierter Holzring mit etwa fünf Zentimetern Durchmesser, den er nicht sofort als Schiffs-Steuerrad erkennt. Er legt das Steuerrad auf sein Pult. Die Nabe, kaum größer als der Kopf einer Stecknadel, ist aus Messing, die Kanten der Speichen sind abgerundet und golden bemalt.

Das Klingeln des Telefons läßt ihn zusammenzucken. Er hat das Geräusch immer gefürchtet, schon als Kind ging es ihm durch Mark und Bein. Der schwarze Wandapparat hängt auf dem Flur im Erdgeschoß; sein Vater hat sich selbst nach seinem Schlaganfall geweigert, sich ein anderes Modell oder ein Handy anzuschaffen. Das Läuten wird seinen Vater wecken, falls er überhaupt schläft. Er hat seinem Sohn erzählt, daß er stundenlang wachliegt und Szenen von früher an sich vorbeiziehen läßt.

Er muß sich beeilen – wie oft hat er den Apparat zu spät erreicht und den tutenden Hörer an sein Ohr gedrückt?

Sein Vater steht in der Tür seines Schlafzimmers, erschrocken, durcheinander, mit dem Blick eines Kindes, das Trost sucht, Zuspruch. Es ist zehn nach Mitternacht. »Leg dich wieder hin, Vater«, sagt er, noch bevor er abhebt, und legt ihm die Hand auf die Schulter.

»Eidenbenz.«

Der Hörer ist kühl, schwer. Sein Vater rührt sich nicht von der Stelle, trägt nur eine Socke, der linke Fuß ist nackt.

»Ich wollte nur fragen, wie es ihm geht«, sagt Kathrin vorsichtig.

Sie telefonieren nicht häufig miteinander, nicht mehr. Er hört ihre Unsicherheit und würde ihr am liebsten gestehen, daß er sie auch angerufen hätte, später.

»Es geht ihm besser«, sagt er.

»Wem geht es besser?« fragt sein Vater.

»Leg dich wieder hin. Bitte«, sagt er und preßt den Hörer an den Oberkörper.

»Wer ist es?« will sein Vater wissen.

»Meine Frau.«

»Und was will sie? Um diese Zeit.«

»Bitte, Vater. Leg dich schlafen.«

Er hört, daß seine Frau spricht, spürt ihre Stimme als Vibration auf seiner Brust. Soll er ihr von Xaver und dem Koffer erzählen? Er sieht das kleine Steuerrad vor sich, versucht, sich vorzustellen, was mit dem Schiff geschehen ist. Er drückt den Hörer an sein Ohr. Sein Vater schüttelt den Kopf, tritt den Rückzug an, schließt die Tür hinter sich. Er hört ihn murmeln.

»Kannst du mir vielleicht verraten, was bei euch los ist?« fragt seine Frau.

»Gar nichts. Es geht ihm nicht so besonders. Und mir auch nicht.«

»Soll ich kommen?« fragt sie.

»Jetzt?«

»Ich kann sowieso nicht schlafen«, sagt sie.

»Lieber nicht«, sagt er und bereut es sofort; es klingt abweisender, als ihm lieb ist, »komm doch morgen früh. Wir frühstücken auf der Veranda. Und danach gehen wir schwimmen, ja?«

Sie schweigt. An der Kommode unter dem Telefon lehnt ein Spazierstock, den er noch nie gesehen hat. Sein Vater hustet vorwurfsvoll.

»Ich liebe dich«, sagt seine Frau schließlich.

»Ich auch«, antwortet er, und sie hängt auf.

»Dich«, sagt er in den Hörer, obwohl er weiß, daß sie ihn nicht mehr hört. »Ich dich auch«, wiederholt er.

Der Abreißkalender, der neben dem Bakelit-Apparat an der Wand hängt, zeigt den 12. Juli an. Das war vor vier Tagen. Er streckt seine Hand aus, um die Zettel abzureißen, dann läßt er es bleiben. Es steht ihm nicht zu, die Zeitrechnung im Haus seines Vaters zu verändern. Was tut er hier? Er wacht über seinen Vater, den alten, kranken Mann, der bald sterben wird, wie ihnen beiden bewußt ist. Darüber reden können sie trotzdem nicht.

Vorsichtig geht er die Treppe hoch, auf Zehenspitzen. Und fühlt sich schon wieder wie ein Dieb.

Ich frage mich schon lange, was die Menschen wohl dazu treibt, auf neue Erfahrungen versessen zu sein. Ich weiß es nicht. Ich bin ein träger Mensch, ich war es schon als Kind. Mochten die anderen Baumhütten bauen, Wälder durchstreifen, Obstgärten plündern, sich von den Söhnen der Nachbarn untersuchen lassen, Kleider für ihre Puppen nähen oder aus Sand, Dreck, Gras und Ästchen mehrgängige Mittagessen für ihre Puppenfamilien kochen: Ich lag lieber in meinem Zimmer und ließ die Zeit verstreichen.

Müßte ich mein Wesen in einem Begriff zusammenfassen, gibt es keinen Zweifel, was ich wählen würde: Trägheit. Andere Menschen mögen Abwechslung brauchen. Ich nicht. Mein Ort ist das Bett, der Sessel vor dem warmen Heizkörper oder noch lieber vor einem Kamin, in dem ein Feuer brennt. Es macht mir nichts aus, mich zu langweilen. Es macht mir etwas aus, gestört und in Aktivitäten getrieben zu werden, die mir nicht liegen.

Warum habe ich dann die umständliche Reise auf die schottische Isle of Mull auf mich genommen? Weil ich keine Lust hatte, schon wieder meine Sommerferien für die Pflege meiner gemütskranken Mutter zu opfern. Weil mir selbst der Gedanke, täglich mehrmals mit ihr zu telefonieren und mir ihr Gejammere anzuhören, zuwider war. Und weil mir die undeutliche Fotografie des Blockhauses in der Broschüre gefiel, die für die ›Whale-Watching-Week‹ warb. Das Haus stand offensichtlich direkt am Meer und wurde nur durch eine Zeile grober Felsblöcke vor dem offenen Atlantik geschützt.

Als ich in Glasgow aus dem Flughafen trat, regnete es. Und als ich in Oban die kurze Strecke vom Bahnhof zum Hafen der Fährschiffe zurücklegte, regnete es auch. Daß Oban nicht bloß aus jener Handvoll Häuser besteht, die sich um das Hafenbecken drängten, sollte ich erst auf der Rückreise feststellen: Am Tag meiner Ankunft brachte der Nebel den größten Teil der Stadt nämlich kurzerhand zum Verschwinden. Die Fähre der Caledonian-Line fuhr stampfend in eine graue Wand hinein, die sich hinter uns sofort wieder schloß. Das Meer konnte ich nur sehen, wenn ich mich über die Reling beugte und die Augen zusammenkniff: Allerdings waren die Windböen so kalt, daß ich mich bald in eines der Restaurants auf dem Oberdeck setzte, um mich auf die gemaserte Fläche meines festgeschraubten Tisches und den schlammfarbenen Kaffee zu konzentrieren, der in meinem Becher hin und her schwappte.

Als ich in Craignure auf Mull von Bord ging, schüttete es. Der Wind trieb den Regen bald in diese, bald in jene Richtung und schwang ihn wie eine große nasse Gardine zwischen den Leuten hin und her, die mit gesenkten Köpfen auf die Busse und Autos zuliefen. Obwohl ich den Jeep der ›Sea World Surveys‹ sofort erkannte, stellte ich mich zuerst einmal unter das Vordach des Souvenirshops, um abzuwarten, wie sich die Dinge entwickelten. Offen gestanden dachte ich daran, gleich mit der nächsten Fähre nach Oban zurückzufahren und meine Ferien in einem gemütlichen Hotel in Glasgow hinter mich zu bringen. Mir war übel, und ich hatte nasse Füße. Mein Gesicht war taub vor Kälte, ich traute mich kaum, die Lippen zu bewegen, um herauszufinden, ob ich noch sprechen konnte. Der Himmel war schwarz, das Meer, soweit ich sehen konnte, auch. Ein Schauder leiser Panik durchlief mich. Immerhin schien sich das Ganze zu einer Art Abenteuer zu entwickeln. Die Stimmung war unheilvoll. Dann riß der Nebel plötzlich auf, und es zeigte sich, daß direkt hinter den Häusern ein begraster Berg wie eine Wand in die Höhe wuchs. Abgesehen von einer kreisrunden Wiese, die im Sonnenlicht lag, als werde sie von einem einzelnen Scheinwerfer angestrahlt, lag der Felsklotz im Dunkeln und wirkte entsprechend bedrohlich und unnahbar. Die Wiese dagegen leuchtete verheißungsvoll. Im selben Augenblick, wie sich der Nebel lichtete, sprang der Motor des Jeeps an, und der schlammverspritzte Wagen fuhr los. Seine Scheiben waren beschlagen. Dieser Anblick hatte etwas Endgültiges, ich fühlte mich ausgeschlossen und verlassen. Darum trat ich rasch auf den Parkplatz hinaus und hob die Hand. Der Jeep hielt sofort an, die Fahrertür sprang auf. Die Frau, die ausstieg und auf mich zukam, war vielleicht zwanzig, auf jeden Fall aber höchstens halb so alt wie ich. Sie trug einen roten Anorak, Jeans und Gummistiefel.

»Anita Bechtler?« fragte sie.

Ich nickte. Ihre dunklen Haare waren unregelmäßig geschnitten. Sie war nicht geschminkt und sah mich prüfend an.

»Lynda. Sea World Surveys. Du gehörst zu uns.«

Wir gaben uns die Hand, und sie nahm meine Tasche und verstaute sie im Laderaum des Jeeps. Auf dem Rücksitz saßen zwei Frauen in meinem Alter, die mich vorwurfsvoll ansahen, gleichzeitig aber nickten. Sie wirkten erschreckend widerstandsfähig und entschlossen. Im ersten Moment hielt ich sie für Zwillinge. Beide hatten eigelbe Regenjacken mit pelzgefütterten Kapuzen sowie Handschuhe an. Die Frau, die vorne saß, nahm mich erst zur Kenntnis, als ich die Beifahrertür öffnete. Sie hob mir ihr Gesicht entgegen und sah mich völlig unbeteiligt an. Die Gläser ihrer Hornbrille vergrößerten ihre feuchten Augen auf eine derart groteske Weise, daß ich zurückschreckte. Die Frau war bestimmt nicht über dreißig, wirkte jedoch völ-

70

lig erloschen. Sie hatte die ungesündeste Gesichtsfarbe, die man sich denken kann, ihre Stirn war mit entzündeten Pickeln übersät. Außerdem war sie alarmierend gekleidet: Ihr Anorak war mit vielen kleinen Walen oder vielleicht auch Delphinen bedruckt, darunter trug sie einen rosa Plüschpulli. Ich sah der Frau an, daß sie nicht wollte, daß ihr jemand zu nahe kam. Also drückte ich die Tür vorsichtig zu und stieg hinten ein.

Die Fahrt von Craignure nach Dervaig, dort befand sich die Wal-Station, dauerte fast eine Stunde. Lange genug, um mir darüber klarzuwerden, daß ich die Frauen, abgesehen von Lynda, nicht mochte. Offensichtlich legte das Trio Wert darauf, als Tierschützer ernst genommen zu werden. Sie wollten etwas Abenteuerliches erleben und gleichzeitig Gutes tun.

»Wir finden nämlich, daß es wichtig ist, Solidarität mit unseren bedrohten Tierarten zu bekunden«, sagte Penny, die links von mir saß.

»Und sich selbst von einer neuen Seite kennenzulernen«, meinte Maureen und stieß mich mit dem Ellbogen an.

Sie kamen beide aus Oxford, kannten sich seit Ewigkeiten und sprachen ein verkniffenes, herablassendes Englisch, das mich zum Lachen reizte.

»Die zwei Männer haben übrigens abgesagt«, sagte Antje vom Beifahrersitz mit matter Stimme. Sie stammte aus Norddeutschland und hatte sich von den beiden Oxforderinnen belehren lassen müssen, daß ihr Englisch deutlich schlechter sei als meines, leider.

»Welche Männer?« fragte ich.

»Die, die sich ebenfalls angemeldet hatten«, erklärte Antje und drehte sich nach mir um, »elende Feiglinge.«

Der Regen hatte mittlerweile nachgelassen. Wir fuhren über eine Hochebene, in der es nichts gab. Nichts als kümmerliches Gras, eingestürzte Scheunen oder Häuser, schadhafte Zäune und Hunderte von Schafen, die sich nicht um uns kümmerten. Aber das Licht war zauberhaft. Warm und gelb flutete es schräg über die Landschaft, selbst das Gesicht von Penny war mit einemmal weich und entspannt. Schön? Nein, schön war es noch immer nicht. Aber zumindest weich. Oder doch nicht. Weil es nämlich schon wieder dunkel wurde, finster. Waagrecht zogen Regengarben über den gottvergessenen Landstrich, prasselten über unsere Frontscheibe.

»Wir sind bald da«, sagte Lynda.

Sie hatte während der ganzen Fahrt kein Wort gesagt. Ich sah ihr im Rückspiegel an, daß sie sich in Gedanken an einem anderen Ort befand. Ihr Lächeln war nachsichtig, immerhin lebte sie von unserer Kursgebühr.

Kurz darauf wand sich die Straße in engen Serpentinen talwärts, wir drei auf der Rückbank kippten einträchtig nach rechts und nach links, und ich stellte fest, daß Penny und Maureen das gleiche Parfum verwendeten. In einem Garten stand ein Mann, der uns mit einer Schaufel hinterherwinkte, neben ihm war ein Esel angepflockt. Jetzt lag aufgefächert das Meer vor uns, glitzernd und blinkend wie erwartet. Aber halt doch auch grau. Grau wie Elefantenhaut. Natürlich stießen die drei anderen Teilnehmerinnen trotzdem Laute des Entzückens aus, Penny schlug sich begeistert auf ihre Thermohose, daß es nur so schnalzte, während mir Maureen mehrmals ihren knochigen Ellbogen in die Seite schob. Und Antje hatte Tränen der Rührung in den Augen. Nein, hatte sie nicht, aber ich hätte es mir durchaus vorstellen können. In ihrem Pullöverchen.

Wir fuhren durch ein Dorf, vorbei an einem bunt bemalten Lebensmittelladen und an einem Pub, der aussah, als stürze er demnächst in sich zusammen. Vor dem Lokal standen Männer, die uns zuprosteten.

»Sehen Sie nicht wie Schotten aus?« lachte Maureen.

»Es sind Schotten, Schätzchen«, sagte Penny.

Danach ging es durch ein Wäldchen, vorbei an liebevoll hergerichteten Steinhäusern, bis Lynda schließlich auf eine Schotterstraße bog, die nach wenigen hundert Metern zur Karrenspur wurde.

»Festhalten«, sagte Lynda.

Wir wurden tüchtig durcheinandergeworfen, Antje kreischte halbherzig und warf ihre Ärmchen in die Höhe. Lynda sah mich im Rückspiegel an, ich hatte eine Verbündete. Die Karrenspur führte quer über eine ungemähte Wiese auf eine Bucht zu, dem Traum jedes Binnenländers: Bewaldete Hügelflanken drängten das Meer zur Breite eines Flusses zusammen, ließen gleichzeitig aber den Blick frei auf den Atlantik und seine Wellen. In der Bucht selbst ragten Felsbuckel aus dem ruhigen Wasser, ich ahnte, was die beiden, die mich in der Zange hatten, dachten: Wale, dachten sie, leibhaftige Wale, wenn das nicht der perfekte Auftakt ist! Penny und Maureen atmeten gleichzeitig tief ein und aus, packten meine Unterarme und rissen sie in die Höhe, als sei ich diejenige, die unbedingt jubeln wolle. Ich gebe zu, daß ich mich nach dem Blockhaus umsah, dem Stübchen mit dem Sessel vor dem Ofen, dem bullernden, und der Aussicht, der sagenhaften, die eigentlich gar nicht zu beschreiben ist. Aber im selben Augenblick bog Lynda auf eine weitere Karrenspur, die zuerst in einen düsteren Wald führte und danach, ich schwöre es, über einen Müllplatz. Unsere Enttäuschung stand greifbar im Wagen, die Luft jedenfalls war mit einemmal schwer, dumpf und kaum zu atmen. Am Rand des Müllplatzes hielten wir vor dem Blockhaus, das ich auch sofort erkannte. Selbst die Felsblöcke lagen da, aufgereiht und eindrucksvoll in ihrer Wucht. Durch den Maschenzaun, der uns von der Müllhalde trennte, drückte der Abfall, wollte sich weiter ausbreiten, wachsen.

»Das hättet ihr jetzt aber nicht erwartet, was?« sagte Antje spitz und sah sich nach uns um.

»Du hast es gewußt«, stellte ich fest.

»Weil ich nämlich schon mal hier war, darum«, sagte sie nicht ohne Stolz.

Was ich aufgrund der Fotografie für das Meer gehalten hatte, erwies sich als kleine Anhöhe, die über und über mit einer kniehohen Pflanze bewachsen war. Ich habe keine Ahnung, wie diese Pflanze heißt, aber sie erinnerte mich an eine Kiefernart, die ich aus den Alpen kenne. War ich hier nicht am Meer? Nein, war ich eben nicht.

Das Zimmer war etwa so groß wie das Bad in meiner Wohnung. Aber wie die Dinge lagen, konnte ich froh sein, daß es ein Einzelzimmer war. Den Sessel, den gemütlichen, den man nie mehr verlassen will, gab es nicht, an den Ofen hatte ich sowieso nicht geglaubt. Über dem Bett hing ein Wandteppich mit abstrakten Motiven in Orangetönen, über dem Waschbecken ein Spiegel, der nicht größer war als ein Bierdeckel. Der Blick aus dem Fenster ging auf eine leere Wiese, ich hätte es aber auch schlechter treffen können: Aus dem Doppelzimmer, das sich Penny und Maureen teilten, sah man auf drei Abfallcontainer, die man zwischen das Blockhaus, die Felszeile und die Anhöhe gezwängt hatte. Zwischen den Felsblöcken roch es ungesund, das hatte ich überprüft. Ihr Zimmer war übrigens nicht größer als meines. Dafür waren ihre zwei Wandteppiche in Blautönen gehalten, was freilich auch nichts half – was die Größe des Wandschrankes, die Härte der Matratze sowie die Farbe des Fußbodens betraf, (senfgelbe Auslegeware mit dunkelbraunen Ellipsen).

Das Schaumbad, das mich wahrscheinlich einigermaßen versöhnt hätte, fand leider auch nicht statt. In der Broschüre war allerdings ausdrücklich von zwei Duschen die Rede gewesen. Als ich das Bad betrat, stieg eine fröhlich zwitschernde Penny aus der Kabine in der Ecke, nicht daß ich es darauf angelegt hätte. Auf eine Dusche hatte ich schon vorher keine Lust gehabt, wirklich nicht. Ich legte mich rücklings auf das Bett, wartete ab und döste ein. Ich sitze auf meinem handtuchgroßen Balkon, die Dächer dunstig, der Himmel glasig und leicht, Sonntagssonne auf dem nackten Bauch, und tue so, als hörte ich nicht, daß das Telefon klingelt und klingelt, es hört gar nicht mehr auf, Mutter hat Geduld. Wenn sie wüßte, daß ich sie direkt aus ihrem Krankenbett vom Balkon kippe. Vorbei an den Eternitkästchen mit den verblühten Geranien. Sie dreht sich in der Luft und schreit, aber das hilft ja alles nichts, gleich schlägt sie auf, gleich. Im Hof, auf der Haube meines zitronengelben Fiats. Dort liegt sie auf dem Rücken, im Schatten der Buche, die sich über sie neigt, aber das sieht sie schon gar nicht mehr. Was sie sieht, ist mein Gesicht über dem Geländer mit dem abgeplatzten Anstrich, und meine Augen, die sich ganz langsam schließen und wieder öffnen. Die Zeit verweht. Vaters Hände zittern, als er mir die Farbbilder seiner neuen Familie zeigt, der blasse müde Mann. Als ich erwachte, war es beinahe dunkel.

Das Telefon klingelte noch eine Weile, dann wurde abgehoben. Außerdem roch es nach angebratenem Fleisch und nach Zwiebeln. Auf der Wiese vor dem Fenster stand jetzt eine einzelne Kuh, die nachdenklich in den Abendhimmel sah. Ich blieb liegen, bis ich Schritte hörte, schwere Schritte, jemand kam den Flur hinunter, den Holzboden erschütternd. Dann verkündete eine Männerstimme, das Abendessen sei bereit. Die Kuh sah immer noch in den Himmel, der am Horizont nun eine rosa Färbung angenommen hatte. Habe ich erwähnt, daß es nicht mehr regnete?

Der Eßtisch stand mitten im Aufenthaltsraum und bot mindestens zwanzig Gästen Platz. Das ›Sea World Survey‹ hatte also schon bessere Zeiten gesehen. Das bewiesen auch die Farbfotos, die neben Seekarten und Plakaten der diversen Wal-, Fisch- und Vogelarten an den Wänden hingen. Auf den meisten dieser Fotos standen die Teilnehmer früherer ›Whale-Watching-Weeks‹ bei verschiedensten Wetterlagen dichtgedrängt auf der Aussichtsplattform eines Hochsee-Bootes, dessen Name ich erst auf einem vergrößerten Bild lesen konnte: ›MV Alpha Beta‹. Auf anderen Fotos standen sie an Stränden und deuteten auf Tiere, die wie Seehunde aussahen, beugten sich über irgendwelche Steine oder Muscheln, saßen um Feuer oder in einem schwarzen Gummiboot. Zwei Dinge aber waren auf allen Bildern gleich: Die Gruppen umfaßten nie weniger als zehn Teilnehmer. Und alle Teilnehmer waren ganz offensichtlich ausgelassen, fröhlich, glücklich. Alle. Immer.

Penny und Maureen hatten sich umgezogen. Sie trugen blaue Trainingsanzüge mit weißen Kapuzen und Tennisschuhe. Und sie hatten sich die Lippen geschminkt. Antje saß bereits am Tisch, einen dampfenden Topf vor sich. Man sah ihr an, daß sie sich zu gerne ihren Teller gefüllt hätte.

»Wo ist Lynda?« fragte ich.

»Ißt zu Hause«, sagte Antje.

»Und der Kapitän des Schiffes?«

»Lynda *ist* der Kapitän«, sagte sie, »und ißt immer zu Hause.«

Sie machte eine vage Handbewegung, ganz die Gastgeberin, die uns aufforderte, Platz zu nehmen. Als ich den Koch und seine Assistentin sah, wußte ich, was es geschlagen hatte. Die Erfahrung hat mich gelehrt, daß es nicht immer falsch ist, seinen Vorurteilen zu vertrauen. Sie kamen mit einer Flasche Mineralwasser und einer Schüssel Maissalat aus der Küche.

Stevie war bestimmt 120 Kilo schwer und sehr groß. Sein Schädel war kahl geschoren und sein Gesicht von Aknenarben gesprenkelt. Er trug ein Unterhemd, hatte sich eine Schürze umgebunden und präsentierte uns seine Tätowierungen auf Armen, Händen, Rücken und Hals. Über dem rechten Auge hatte er eine schwarze 8 stehen, was immer dies bedeuten mochte. Seine Freundin hieß Birdy, und so sah sie auch aus. Sie war winzig und so unsicher, daß ich mich kaum traute, sie anzusehen. Beim Färben ihrer Haare hatte sie sich vertan, nehme ich an. Abgesehen von einem handgroßen Fleck auf dem Hinterkopf waren ihre Haare karottenrot. Der Fleck war gelb, also mir tat sie leid. Sie kamen aus Liverpool und lebten in einem verbeulten Wohnwagen auf dem Grundstück der ›Sea World Surveys‹. Später sah ich, daß an der Tür des Geschirrschrankes ein Zettel klebte, auf dem Birdy einen Teller sowie die Anordnung des Besteckes aufgezeichnet hatte. Außerdem hatte sie die schematischen Darstellungen angeschrieben: Messer. Löffel. Gabel. Glas. Bis auf einige Schachteln Eier, mehrere Beutel Würstchen und Speck war der Kühlschrank leer.

»Stevie war früher drogensüchtig«, zischte Antje, nachdem die beiden wieder in der Küche verschwunden waren.

»Schade, ist er das nicht immer noch«, sagte Maureen trocken.

Das Essen selbst, also ich starb vor Hunger. Bis auf einen diagonal zerschnittenen und mit Räucherlachs belegten Toast im Flugzeug und einen diagonal zerschnittenen und mit Kochschinken belegten Toast auf der Fähre hatte ich den ganzen Tag nichts gegessen. Stevies *Chili con carne* war scharf, das hatte er also durchaus richtig hingekriegt. Unsere Nasen liefen, wir hatten Tränen in den Augen. Der Maissalat war aus der Dose, auf die Zubereitung einer Sauce hatte Stevie gnädigerweise verzichtet. Wein? Gab es keinen. Und auch kein Bier.

Antje schob die Fleisch- und Bohnenpampe auf ihrem Teller hin und her und bildete Berge, die sie mit flinken Gabelbewegungen zerstörte, um sie an einer anderen Stelle des Tellers wieder aufzubauen. Wir sollten wohl den Eindruck erhalten, sie mache sich nichts aus dem Essen. Aber sie verputzte vier Portionen, wer weiß, wie sie dies in der kurzen Zeit anstellte, ich habe jedenfalls mitgezählt.

Kaum legten wir das Besteck neben die leeren Teller, kam Birdy aus der Küche geschossen und räumte den Tisch leer. Als Nachspeise gab es giftgrünen Wackelpudding und Kaffee, den ich zuerst für Tee hielt. Für den Abwasch spielten Stevie und Birdy Rockmusik auf ihrem Gettoblaster, das ganze Geschäft war nach zwei Songs, die allerdings genau gleich klangen, erledigt. Offenbar hatten sie es eilig, in ihren Wohnwagen zurückzukommen. Vor den Fernseher? Das hätte ich auch gerne getan: mich in meinem Lieblingssessel in meine Lieblingsdecke gewickelt, ein Glas Sherry getrunken, drei, vier Zigarettchen geraucht und über die Darsteller irgendeiner Serie lustig gemacht.

Wir saßen in einer braunen Sofagarnitur im hinteren Teil des Raumes und warteten auf Lynda und einen gewissen Mr. Dougle, von dem uns ein Vortrag über Flora und Fauna der Isle of Mull angekündigt war. Ich hätte wahnsinnig gerne geraucht, traute mich aber nicht. Das Bücherregal, das sich über eine ganze Wand erstreckte, war leer, abgesehen von einigen Bildbänden über Wale und Delphine und stapelweise Broschüren, die für die ›Whale-Watching-Week‹ warben. Auch Penny hatte eine Zigarettenschachtel in der Hand, die sie nervös bearbeitete.

»Gibt es hier ein Restaurant?« fragte Maureen.

»Wir brauchen Wein«, ergänzte Penny, »zum Essen.«

»The Drum and Monkey und das Delnashaugh Inn«, sagte Antje, »aber das Delnashaugh kann ich nicht empfehlen.«

»Das was?« fragte Maureen.

»Wir sind daran vorbeigefahren.«

»Mit den Schotten davor«, machte Penny.

»Das Roast Loin of Scotch Lamb, das sie im Drum and Monkey machen, ist hervorragend«, sagte Antje, nahm eine Schachtel Roth-Händle aus der Tasche ihres Plüschpullis und zündete sich eine Zigarette an.

»Darf man?« fragte ich.

»Rauchen?« schnaubte Antje verächtlich, »logisch darf man.«

Penny und ich steckten uns sofort eine Zigarette an. Draußen war es jetzt stockfinster, außerdem regnete es wieder. Die Tropfen klopften behaglich über die Scheibe.

»Und Wein servieren sie auch, in diesem Dingsda?« fragte Penny.

»Logisch«, behauptete Antje.

Wir schwiegen und warteten auf Lynda und Mr. Dougle, rauchten und hörten dem Regen zu. Ich war bestimmt nicht die einzige, die gerne gewußt hätte, was unser tätowierter Koch und seine winzige Freundin in ihrem Wohnwagen miteinander anstellten.

Das Licht war grau, als ich erwachte. In der Nähe schrien Möwen, und wenn ich mich anstrengte, hörte ich Stevie in der Küche hantieren. Wenn ich mich anstrengte. Ich blieb liegen, drehte mich immerhin auf die andere Seite, hörte dem Regen zu, schon wieder, lag warm und gut unter dem steten und durchaus einschläfernden Rauschen, das sich dann allerdings als die Dusche herausstellte. Als ich die Augen öffnete, schien nämlich die Sonne. Ich blieb vorerst trotzdem liegen, glitt zurück in den Schatten, und schon bald rauschte erneut das Wasser, rauschte verläßlich auf das Stoffdach meines Zeltes am Meer, das türkisblau durch meine geschlossenen Lider schimmerte, aber dann schob sich plötzlich der Zeigefinger meiner Mutter über das Bild gemächlich raschelnder Palmwedel, und gleich darauf saß sie vor mir, den alten Vorwurf im Blick: böse, böse Tochter. Es blieb mir nichts anderes übrig, als die Augen nun doch zu öffnen und aufzustehen. Nebenan rauschte schon wieder die Dusche. Türen gingen auf und zu, durch die dünne Stellwand hörte ich, wie sich Penny und Maureen über Mr. Dougle lustig machten. Es war ihm letzte Nacht tatsächlich gelungen, die Leinwand zu entrollen, aber wie man sie aufspannte und festhakte, hatte er auch nach einer geschlagenen Viertelstunde nicht herausgekriegt. Mr. Dougle trug Knickerbocker, einen Wollpullover mit kompliziertem Zopfmuster und Bergstiefel. Sein Gesicht war schmal wie ein Strick, seine Nase ein Schuhlöffel. Auf den Dias, die er uns stolz vorführte, war kaum etwas zu erkennen. Was freilich nicht wirklich störte, immerhin führte er die Rufe aller Vögel vor, die er uns da offenbar im Bild zeigte. Trat jedesmal zwei Schritt vor den Projektor, legte diesen oder jenen Finger an verschiedene Stellen seines Gesichts, ging in die Knie und legte los. Spreizte diesen oder jenen Finger ab, öffnete und schloß die Hand, die den Mund verdeckte, und produzierte die absonderlichsten Geräusche, also mir hat es gefallen. Manchmal arbeitete er mit beiden Händen und verbarg überhaupt sein ganzes Gesicht, und eben nicht bloß den Mund, um uns mit einem sanft an- und abschwellenden Zirpen zu erstaunen. Dann trat er wieder neben den Projektor und legte das nächste Dia ein. Das Karussell hatte er nämlich auch vergessen.

Das Sonnenlicht im Aufenthaltsraum war zu grell, um zu erkennen, wer schon am Tisch saß. Ich hätte mich fast auf Antjes Schoß gesetzt. Ich war die letzte, und ich war die einzige, die noch nicht die Montur trug, die uns Lynda am Vorabend empfohlen hatte: Anorak, Wollmütze, Schuhe mit flachen, aber griffigen Sohlen, beschichtete Hosen, Handschuhe. Garantiert hatten sie auch die Thermounterwäsche an, die man uns im Begleitbrief ans Herz gelegt hatte. Die Stimmung war gewaltig, jetzt ging es endlich los, hinaus aufs Wasser, und dann dieses phantastische Wetter! Die Wale, Delphine und Seehunde erwarteten uns. Und all die anderen natürlich auch: der Puffin und der Guillemot, der Razorbill, der Fulmar, der Storm Petrel. Und der Kittiwake sowieso. Ich hätte eben doch besser aufpassen sollen bei Mr. Dougles Vortrag. Nur Stevie und Birdy wollten nicht recht zur verbreiteten Euphorie passen: Sie sahen ganz furchtbar verkatert aus. Wenn ich mich nicht irre, hatte Birdy sogar ein blaues Auge, aber ich kann mich auch getäuscht haben. Sie sagte jedenfalls kein Wort, flatterte hin und her und vermied es, uns anzusehen. Das Besteck lag auch am rechten Fleck. Und über den Eidotterfleck an meiner Tasse sah ich generös hinweg. Man will ja schließlich nicht am Ende Schuld tragen an Mord und Totschlag, am zweiten blauen Auge. Das Frühstück? Also Penny und Maureen waren begeistert. Penny schüttete Ketchup über die Spiegeleier und den Speck, Maureen über die weißen Bohnen und die verkohlten Würstchen. Es stellte sich heraus, daß der Tee Tee war und ein Toast, den man mit Ketchup bestreicht, ganz hervorragend schmeckt. Außerdem gab es gedünstete Pilze, warmen Haferbrei, Essiggurken und Rührei. Die bittere Orangenmarmelade? Die gab es auch. Weniger wäre zuviel gewesen. Die Sonnenbahn wanderte gemütlich über den Tisch, die Zeit nahmen wir uns. Schließlich war nichts mehr übrig, nicht das kleinste Fitzelchen Toast, ich hätte mich am liebsten sofort wieder hingelegt.

Da öffnete sich die Tür, und Lynda erschien, in Begleitung

von zehn, nein zwölf Menschen, die sich um den Eßtisch drängten und uns neugierig musterten, gefüttert waren wir zum Glück bereits.

»Tagesausflügler«, zischte Antje voller Verachtung.

Das hatte ich mir nun natürlich anders vorgestellt, nämlich so: Die ›MV Alpha Beta‹ für uns alleine, die Aussichtsplattform, die geheizte Kabine mit der Eckküche, den geschützten Ausguckposten im Heck, die chemische Toilette mit Waschbecken.

Letztlich mußte sich die ganze Bagage dann wegen mir noch gute zehn Minuten gedulden. Die Wollmütze habe ich auch nicht gefunden.

Die See war dann nicht ganz so ruhig, wie sie sich uns präsentierte. Flach und seidenblau und nicht bewegt, ja nicht das kleinste bißchen gekräuselt. Es war eben doch der Atlantik, ich hatte es nicht anders erwartet. Wir waren eben aus der Bucht ins offene Wasser gelangt, schon wurde es den ersten Tagesausflüglern schlecht. Der ältere Herr, der neben mir im Heck saß, schüttelte vorerst ungläubig den Kopf, das ging mehrere Minuten so, dann steckte er ihn plötzlich verschämt zwischen die Knie, offensichtlich wollte er auf keinen Fall stören oder unangenehm auffallen. Den Boden hat er dann aber trotzdem vollgekotzt, meine Schuhe bekamen auch den einen oder anderen Spritzer ab. Er entschuldigte sich bei allen, in einer Kneipe hätte er garantiert eine Runde ausgegeben, vielleicht sogar zwei. Er ließ sich auch nicht davon abhalten, an meinen Turnschuhen herumzuputzen. Kurz darauf stellte ich mich mit dem Formular, das Lynda an die Teilnehmerinnen der ›Whale-Watching-Week‹ verteilt hatte, auf die Aussichtsplattform und gab mir Mühe, wie jemand auszusehen, der angestrengt Ausschau hält. Wonach? Nach dem

Minke Whale natürlich, dem Harbour Porpoise, dem Common-, dem Risso's- und dem Nose-Dolphin und dem Basking Shark. Sichteten wir ein Tier, hatten wir es zu identifizieren und mit der Uhrzeit und dem exakten Standort des Bootes in der entsprechenden Rubrik einzutragen. Antje stieß alle paar Minuten einen Schrei aus und zeigte aufs Wasser. Einmal war es eine Plastiktüte, sonst sichtete Antje Steine oder Bojen. Selbst Wellenkämme hielt sie für Delphine, aber da war sie nicht die einzige. Bald deuteten auch die Tagesausflügler alle paar Momente kreischend auf Wale, Delphine oder Seehunde. Penny und Maureen hielten sich genauso zurück wie ich, Lynda nahm die Statistik auch auf die leichte Schulter, wie mir schien.

Nach drei Stunden hatten wir noch keinen einzigen Wal oder Delphin zu sehen bekommen. Der Himmel hatte sich zugezogen, der Wind aufgefrischt, mir war erstaunlicherweise immer noch nicht übel. Die ›MV Alpha Beta‹ wurde hochgehoben, sank tief zwischen Wellenberge und wogte überhaupt gehörig auf und nieder. Lynda lächelte milde, dabei wurde ihr Boot tüchtig eingesaut. »Gekotzt wird ausschließlich draußen«, hatte sie als einzige Order ausgegeben, »die Kabine bleibt sauber.« Einmal durfte ich das Boot sogar für ein paar Minuten steuern, Lynda mußte sich um einen Jungen kümmern, der aufgelöst in der Kabine saß und seinen Kopf nicht mehr aus einem Plastikeimer nehmen wollte.

Offenbar hatte ich meine Sache als Steuermann gut gemacht: Lynda ließ mich auch in den engen Meeresarm steuern, der sich einige Meilen weit ins Innere der Isle of Mull erstreckte. Wir würden in einer geschützten Bucht mit Sandstrand vor Anker gehen, um die mitgebrachten Lunchpakete zu verzehren.

Für die Einfahrt in diese Bucht übernahm Lynda das Ruder. Der Himmel hatte aufgeklart, die Regenwolken trieben rasch auf die offene See zu. Der Sand leuchtete gelb, auf dem Wasser tanzten Tausende winziger Lichtpunkte. Hinter dem Strand stieg das Gelände an und ging in eine Wiese über, weit und breit war kein Gebäude zu sehen. Lynda erzählte mir, daß weder eine Straße noch ein Wanderweg in diese Bucht führten. Wir setzten den Anker und machten das Gummiboot startklar, das wir die ganze Zeit hinter uns hergeschleppt hatten: Lynda würde uns in Viierergruppen an den Strand rudern. Und dort ging dann bestimmt das Pfadfinder- und Abenteuerspiel los. Sie würden Holz suchen, um ein Feuer zu machen, obwohl sie ganz genau wußten, daß rein gar nichts in den Lunchpaketen war, was man grillen oder braten konnte.

Der Junge mit dem Plastikeimer glaubte erst nach einer Weile, daß ihn das Gummiboot, das Antje angeberisch »Zodiac« nannte, wirklich an Land bringen würde. Lynda und Antje redeten so lange auf ihn ein, bis er in das schaukelnde Gummiboot stieg. Den Eimer gab er allerdings nicht aus der Hand. Ich nahm mir vor, mit der letzten Fahrt überzusetzen, wenn überhaupt. In der Kabine der ›MV Alpha Beta‹ konnte ich mich doch viel besser einrichten: auf der gepolsterten Eckbank bei geschlossenen Gardinen dem Buch widmen, das ich mitgenommen hatte. Rauchen, die zwei belegten Brote, den Schokoriegel und den Apfel essen, dösen. Und dem geschäftigen Treiben der anderen aus sicherer Distanz zusehen. Um mich entsprechend darüber lustig zu machen, heimlich, einfach so für mich.

Da tauchten sie plötzlich auf.

Es müssen an die fünfzig gewesen sein. Tauchten wie auf Kommando auf und bildeten einen Kreis um unser Boot. Um sich aus der Nähe zu betrachten, was da die Ruhe ihrer abgeschiedenen Bucht störte. Antje war die erste, die sie bemerkte, das muß ich zugeben. Zuerst waren wohl bloß zwei oder drei aufgetaucht, um die Lage zu sondieren. Seehunde sind neugierige, aber vorsichtige Tiere. Antje bekam einen glasigen Blick, gleichzeitig fiel ihr Unterkiefer nach unten, ging ihr Arm in die Höhe. Wenigstens hielt sie diesmal den Mund. Offenbar waren wir den Seehunden recht. Sie ergriffen nicht die Flucht, sie kamen näher an das Boot heran, wobei sie traurige Schreie ausstießen. Sie waren überhaupt das Allertraurigste, was ich jemals gesehen hatte. Ihre glatten schwarzen Köpfe waren Totenköpfe, ihre kugelrunden schwarzen Augen die Augen toter Kinder, meine Güte. Und ihre Schreie, also ihre Schreie gingen nicht bloß mir durch und durch. Sie musterten uns, tauchten unter, um an einer anderen Stelle wieder zu erscheinen.

Mit einemmal wußte ich, was ich tun mußte, ich kann es mir bis heute nicht erklären. Ich ging an die Spitze des Bootes, stieg über die umlaufende Metallstange und ließ mich ins Wasser fallen. Das Gelächter und Geschrei waren natürlich riesengroß. Antje tippte sich gegen die Stirn, Penny und Maureen lagen sich im Arm, nur Lynda lächelte und winkte mir verschwörerisch zu.

Das Meer war viel kälter als die Schnauze des ersten Seehundes, der mich zaghaft anstupste. Die Haare seines Schnurrbartes waren dick wie Draht und doch weich, sein Kopf zart und haarlos wie der Kopf meines Vaters. Er gab ein leises Gurgeln von sich und tauchte unter mir weg.

Mir blieb nichts anderes übrig, als tief Luft zu holen und mich träge und mit geschlossenen Augen sinken zu lassen.

DIE LANDKARTE BEDECKT das ganze Pult, er braucht ziemlich lange, bis er die Hebriden und die Isle of Mull gefunden hat. Er war noch nie in Schottland, macht sich nichts aus dem Norden. Sein Zeigefinger schwebt über Craignure, folgt der Küstenstraße: Fishnish. Salen. Tobermory. Dervaig.

Er liest auch die anderen Ortsnamen, die sich über die Insel verteilen, deren Form ihn an nichts erinnert: Kinlochspelve. Lochbuie. Pennyghael. Fionnphort. Killiechronan. Gruline. Kilninnian. Calgary.

Calgary? Cagliari? Natürlich denkt er an Sardinien, sieht Kathrin vor sich: Sie liegt mit angewinkelten Beinen auf dem Bauch und bewegt ihre Füße, bewegt sie hin und her, weil dabei Sand von ihren Fußsohlen rieselt und in das Taschenbuch fällt, das aufgeschlagen vor ihm liegt, obwohl er gar nicht darin liest, weil er nämlich ihre Tochter beobachtet, die alleine am Strand entlanggeht und an Dinge denkt, von denen er keine Ahnung hat.

Er faltet die Karte zusammen und wirft sie in den offenen Koffer. Plötzlich ärgert er sich über Xaver. »Macht sich aus dem Staub. Und läßt mir einen Stapel Papier zurück.« Die bespielte Kassette hat er noch immer nicht angerührt. Er lehnt sich aus dem Fenster in die ruhige Nacht hinaus und raucht eine Zigarette. Soll er sich nicht endlich hinlegen? Er packt die Landkarten, Stadtpläne und Reiseführer, schmeißt sie in den Koffer und wirft den Deckel zu.

Kurz vor ein Uhr duckt er sich unter dem Balken durch, setzt sich an sein Pult und nimmt sich die nächste Geschichte vor. Nun sieht er aus wie sein Vater, wenn er Aufsätze korrigierte: den Kopf in die rechte Hand gestützt, die Schultern eingefallen, den Rücken gebeugt. Verloren wie alle Leser, allein.

Der Junge erwachte jeden Morgen um sieben Uhr. Er öffnete die Augen, drehte sich auf den Rücken, bewegte Arme und Beine, blieb aber so lange liegen, bis er ganz sicher war, daß Markus und die anderen noch schliefen. Dann stand er leise auf, zog seine Turnschuhe an, schlich in die Küche hinunter, trank ein Glas kalte Milch und verließ die Villa über dem Meer.

Hätte ihn jemand gefragt, warum er jeden Tag ohne Frühstück so lange lief, bis er völlig ausgepumpt war, hätte Daniel geantwortet: »Weil ich gerne laufe.« Aber das stimmte nicht. Daniel lief jeden Morgen mehrere Stunden, weil er Markus nicht ausstehen konnte und ihm auf diese Weise wenigstens für eine Weile entkam. Er haßte Markus nicht, er verabscheute ihn. Aber das ist in einem gewissen Alter fast schlimmer. Gründe, um Markus zu verabscheuen, gab es viele: Markus war groß und muskulös, hatte hervorragende Schulnoten, reiche Eltern und eine attraktive Mutter.

Die ersten paar hundert Meter folgte Daniel der unbefestigten Straße. Er lief schnell und ohne sich umzusehen bis zu der Stelle, an der sich die Stromleitung verzweigte: Der eine Kabelstrang führte weiter der Straße entlang nach Capoliveri hinauf, der andere schwang sich durch den Wald Richtung Meer. Er blieb stehen, rang nach Atem und warf dann so lange mit Steinen nach dem Masten, bis er einen der acht Isolatoren traf. Komischerweise hatten seine Treffer noch keinen der Porzellanzylinder zerstört. Die Steine sprengten bloß Splitter weg, wobei ein weißes Wölkchen aufstieg. Heute brauchte er elf Würfe, bis er endlich traf. Die Sonne war bereits so heiß, daß er schwitzte. Er hob noch einen Stein auf und schleuderte ihn in den Wald, so weit er konnte. Auch das tat er jeden Morgen. Als würde ihm das Geräusch des Steines, der entweder gegen einen Baumstamm knallte oder aber durch die Blätter ratschte, verraten, in welche Richtung er laufen sollte. Manchmal stieg er über die Böschung und rannte durch den Wald, bis er am Strand stand, der um diese Zeit aber meist leer war. Manchmal folgte er der Straße bis Capoliveri, wo er sich vor der Bäckerei herumtrieb und Touristinnen bei ihren Morgeneinkäufen beobachtete. Und manchmal lief er an den Grundstücksmauern der anderen Villen entlang, verfolgt vom wütenden Kläffen der Wachhunde. Es gab mehrere Stellen, an denen er über die Mauern sehen konnte. Daniel hatte Familien beim Frühstück auf Terrassen zugesehen, einem älteren Mann, der mit nacktem Oberkörper auf einer Rudermaschine saß und bei jedem Schlag verzweifelt aufstöhnte, sowie einem Jungen in seinem Alter, der auf einem Mäuerchen saß, weinte und einen Federball von der einen Hand in die andere warf. Und vor dem großen Anwesen direkt über den Klippen hatte er eine Frau beobachtet, die splitternackt an einem Pool lag und sich ihre Brüste eincremte. Daniel hatte fast eine Stunde in einem Busch gehockt, der ihm Arme und Beine zerkratzte, ohne sich zu bewegen. Die Frau hatte sich die Zehennägel lackiert, mehrere Zeitschriften durchgeblättert und auf ein Hündchen eingeredet, das eine Weile neben ihr saß. Später war ein Mann aus der Villa gekommen, aber die beiden hatten sich nicht einmal geküßt. Der Mann hatte sich überhaupt nicht um die Frau gekümmert, die mit angewinkelten Beinen auf dem Rücken neben dem Pool lag und in den Himmel sah. Als der Mann wieder im Haus verschwunden war, hatte Daniel seine

Turnhose heruntergestreift und sich selbst befriedigt. Danach hatte er sich so geschämt, daß er sich vornahm, nie wieder zu dem Haus über den Klippen zurückzukehren. Aber zwei Tage später hatte er erneut in dem Busch gehockt. Nach einer halben Stunde war derselbe Mann in einem gestreiften Pyjama und mit einer Bastmatte unter dem Arm aus dem Haus gekommen. Er hatte die Matte neben dem Pool ausgerollt, hatte sich ausgezogen und angefangen, Yogaübungen zu machen. Daniel hatte ihm ein paar Minuten zugesehen, dann hatte er sich vorgestellt, was man von ihm halten würde, wenn man ihn dabei erwischte, wie er einen nackten, älteren Mann bei seiner Morgengymnastik beobachtete, und war abgehauen.

Der Stein, den Daniel in den Wald warf, verschwand ohne Geräusch zwischen den Bäumen. Nicht einmal der Aufprall auf dem harten Boden war zu hören. Daniel lauschte, als sei der Stein noch immer unterwegs und nicht längst irgendwo aufgeschlagen. Er stellte sich vor, wie er sich in der Luft drehte, höher und höher stieg, über die Wipfel der Bäume segelte und schließlich weit, weit draußen ins Meer klatschte.

Nachdem er erwacht war, hatte er das leise Schnarchen von Markus im Nebenzimmer gehört. Markus bestand darauf, daß die Verbindungstür zwischen ihren Zimmern immer offenstand. Kaum lagen sie im Bett, fing Markus an zu quatschen. Und obwohl Daniel kaum antwortete, hörte Markus erst damit auf, wenn er einschlief. Daniel bildete sich ein, selbst das Ticken der Armbanduhr aus dem Nebenzimmer hören zu können: Die protzige Taucheruhr mit dem schwarzen Zifferblatt lag auf dem Nachttischchen neben Markus' Kopf, und ihre Zeiger leuchteten wie die Armaturen der Phantasieautos in einem der Comics, die Markus sammelte.

Daniel entschloß sich, nach Capoliveri zu laufen. Vielleicht konnte er ja endlich die Postkarte an seine Eltern schreiben, die er ihnen versprochen hatte und auf die sie seit zehn Tagen vergeblich warteten. Er würde sich in eine Bar setzen und vom Kellner einen Kugelschreiber ausleihen, um damit die üblichen Lügen aufzuschreiben: daß Elba eine großartige Insel mit großartigem Wetter und großartigen Stränden sei und daß er sich noch kein einziges Mal mit Markus gestritten habe. Daß er im Gegenteil jeden Abend mit ihm auf der Terrasse eine Partie Schach spiele.

Daniel lief in der Mitte der Straße und verschärfte das Tempo, weil er es liebte, die Gassen von Capoliveri, die um diese Zeit noch im Schatten lagen, völlig ausgepumpt zu erreichen. Ausgepumpt, mit leerem Kopf und einem stechenden Schmerz in der Brust, der ihm die Tränen in die Augen trieb. Nein, die Lüge mit dem Schach würde er weglassen, weil ihn seine Eltern sonst sofort durchschauten. Mit den Eltern von Markus hatte er sich noch kein einziges Mal gestritten. Im Gegensatz zu den Ferien im vergangenen Sommer verstand sich Daniel nämlich gut mit dem Fabrikanten, der mit einem seidenen Morgenmantel am Frühstückstisch saß. Sein Vater wurde dagegen nicht müde, darauf hinzuweisen, daß dessen Geschäfte früher viel, viel besser gegangen seien, was ihn bei einem Direktor, der nichts anderes geleistet habe, als sich in ein gemachtes Bett zu legen, aber nicht erstaune. Natürlich war Daniels Vater neidisch auf Markus' Vater. Neidisch auf das Herrschaftshaus am Dorfrand, den Mercedes und den Buick, das Segelboot, die Eigentumswohnung in Sils Maria und die Villa auf Elba. Außerdem hatte Daniel den Eindruck, daß sein Vater die Mutter von Markus mit den gleichen Blicken musterte wie er selbst.

Die Nähe dieser schlanken Frau mit den schulterlangen, schwarzen Haaren, die einen halben Kopf kleiner war als er, löste Nervosität in Daniel aus. Er brachte keinen vernünftigen

Satz mehr zustande und befürchtete ständig, einen roten Kopf zu bekommen. Wenn sie im Bikini durch die Villa lief, mußte er sich beherrschen, daß er sie nicht umarmte und ihren ganzen Körper mit Küssen bedeckte. Lag sie auf der Terrasse, setzte er sich in ihre Nähe, wobei er einen Sicherheitsabstand einhielt, und prägte sich jedes Detail ihres Körpers und jede ihrer Bewegungen ein, damit er sich nachts, wenn er im Bett lag, so genau daran erinnern konnte, daß er sie genau vor sich sah: braungebrannt, knochig und sehnig, mit melancholischem Blick und einem verbitterten Zug um den Mund. Auch ihre tiefe Stimme hatte er dann im Ohr und das Klicken ihres goldenen Feuerzeuges, mit dem sie sich die Zigarillos anzündete, von denen sie bestimmt eine Schachtel am Tag rauchte.

Wenn sie ihn ansah, wußte er nicht, ob er Spott, Besorgnis oder Interesse in ihren Augen erkannte. Manchmal trat sie einen Schritt zurück, um ihn mit zusammengekniffenen Augen zu mustern. Dann schüttelte sie plötzlich leicht den Kopf, als erwache sie aus einer Trance, lächelte Daniel nachdenklich an und ließ ihn stehen. In diesen Situationen blieb ihm nichts anderes übrig, als ihr nachzustarren, wobei er sich die größte Mühe gab, sich nicht nur auf ihren harten Hintern zu konzentrieren. Vor ein paar Tagen war sie nach einer solchen Begegnung stehengeblieben und hatte sich nach ihm umgedreht: »Du bist ein merkwürdiger junger Mann, Daniel«, hatte sie mit ernsthafter Stimme gesagt und war auf die Terrasse hinausgegangen, wo sie ihrem Mann, der sich über einen seiner Bonsais beugte, mit der Hand über den Rücken strich.

Er erhöhte das Tempo, obwohl er das Gefühl hatte, eine Klammer presse seine Brust zusammen. In einer engen Kurve waren die Bäume zurückgeschnitten, und er konnte übers Meer sehen. Ein blinkender Lichterteppich schaukelte auf dem Wasser. Die Sonne brach durch die Äste und blendete ihn.

Über dem Festland stand Morgendunst, auf dem Hügel blitzten die Dächer Capoliveris, als seien sie aus Bronze. Den alten Mann, der ihm auf einer Vespa entgegenkam, hatte er schon mehrmals gesehen. Zwischen seinen Füßen saß ein gefleckter Hund, auf dem Rücken trug er Gewehr und Rucksack. Er hob eine Hand, um Daniel zuzuwinken, und wäre fast gestürzt. Sein Gesicht sah aus, als sei es aus Leder. Daniel lief am Straßenrand weiter, während er auf das blinkende Wasser hinaussah.

Daniel bemerkte das Auto erst, als es knapp hinter ihm war. Er blieb stehen, und das Kabriolett hielt neben ihm an. Markus' Mutter trug ein Kopftuch und eine Sonnenbrille, die sie abnahm, als sie sich über den Beifahrersitz lehnte und die Tür aufstieß.

»Steig ein«, sagte sie.

Daniel hielt sich von der Tür fern. Er wollte nicht, daß sie bemerkte, wie er nach Atem rang. Markus' Mutter trug weiße Shorts und eine Bluse, die sie unter dem Busen verknotet hatte. Ihre Beine und Arme glänzten. Er roch ihr Parfum und ihre Bodylotion. Eines Abends hatte er sich in ihr Bad geschlichen und alle Flakons und Fläschchen aufgeschraubt und aufgeregt daran gerochen.

»Ich hol einen Geschäftsfreund von Karl ab. Steig ein.«

»Wo?« fragte Daniel und sah ihr in die Augen.

»In Portoferraio. Er kommt mit der Fähre an.«

»Aber so früh fährt doch gar kein Schiff«, behauptete Daniel.

»In Portoferraio gibt es wunderbare Cafés. Steig schon ein.«

Daniel ließ sich vorsichtig auf den Beifahrersitz gleiten und zog die Tür zu. Er legte die Hand vor die Augen, als habe er Kopfschmerzen, weil er es vermeiden wollte, ihre Beine anzustarren. Seine verschwitzten Oberschenkel klebten an dem

Lederpolster, und wenn er sich bewegte, quietschte es unanständig. Als sie losfuhr, warf sie beide Arme in die Luft und lachte.

»Ist das nicht ein herrlicher Morgen!« rief sie.

Daniel begriff, daß das keine Frage, sondern eine Feststellung war, und schwieg. Sie fuhren langsam durch die kühlen, menschenleeren Gassen von Capoliveri, und Daniel durfte ihre Sonnenbrille halten. Das massive, schwarze Gestell fühlte sich schmierig an. Er schob seinen Daumen zwischen die Nasenbügel der Brille und bewegte ihn hin und her, legte aber die andere Hand darüber, weil er annahm, daß sie das für obszön hielt. Kaum fuhren sie aus dem Schatten der letzten Häuser, gab sie Gas. Insekten zerplatzten auf der Frontscheibe, in den Kurven sangen die Reifen. Sie überholte jedes Auto, das vor ihnen auftauchte, dazu schlug sie vor ihrer Brust mit der rechten Faust Löcher in die Luft wie ein Kind, das es eilig hat. Daniel überspielte seine Angst, indem er Laute der Anerkennung von sich gab und sich hinfläzte, als sei er völlig entspannt.

»Zünd mir eine an«, befahl sie und deutete auf die Schachtel Zigarillos, die mit ihrem Feuerzeug hinter dem kurzen, dicken Schaltknüppel in einem Fach lag.

Daniel klaubte einen Zigarillo aus der Schachtel und zündete ihn an. Der Rauch war bitter. Bevor er den Zigarillo aus dem Mund nahm, stippte er mit der Zunge gegen den Filter, dann schob er den Zigarillo zwischen die geschminkten Lippen der Mutter von Markus, ohne sie zu berühren, weil er nicht wollte, daß sie mitbekam, wie stark seine Hand zitterte.

Daß sie wirklich betrunken war, glaubte Daniel erst, als sie aufstand, weil sie unbedingt an den Strand wollte. Sie stützte sich mit beiden Händen auf dem Blechtisch ab, verdrehte die Augen und stieß ein Kichern aus, das ihm peinlich war. Daß sie angetrunken war, hatte er bereits vor über einer Stunde vermutet, als sie ihm unter der Markise der Cafeteria nach dem vierten Glas Prosecco das Du angeboten hatte. »Ich heiße Inez«, hatte sie gesagt und darauf bestanden, daß er ebenfalls einen Prosecco trank, um mit ihr anzustoßen. Den Geschäftsfreund ihres Mannes hatte sie mit keinem Wort mehr erwähnt. Dafür wollte sie, daß Daniel von der Schule erzählte. Erst nach einer Weile war ihm klargeworden, daß sie sich nicht für ihn interessierte, sondern sich erhoffte, irgendwelche Dinge über ihren Sohn zu erfahren, die ihr bisher entgangen waren. Als sie gemerkt hatte, daß seine Antworten immer knapper wurden und Daniel ihren Fragen, die immer direkter waren, nur noch auswich, hatte sie ihm ein Frühstück bestellt. Glaubte sie wirklich, daß er sich mit einer Brioche, einer warmen Schokolade und einem versalzenen Spiegelei bestechen ließ, irgend etwas Schmeichelhaftes von ihrem Sohn zu erzählen? fragte er sich. Das Lachssandwich, das sie für sich bestellt hatte, rührte sie nicht an. Statt dessen hatte sie einen Zigarillo nach dem anderen geraucht. Wollte sie einen weiteren Prosecco, brauchte sie nur noch das Glas, dessen Rand mit Lippenstift verschmiert war, zu heben und hin und her zu schwenken.

Und jetzt stand sie neben Daniel, kicherte und machte eine Schnute und mußte sich ganz offensichtlich am Tisch festhalten, um nicht hinzufallen.

»Ich will schwimmen«, sagte sie mit quengeliger Stimme, »nie wollen die Männer mit mir schwimmen.«

Sie nahm die Hände vom Tisch, blieb einen Augenblick abwartend stehen und trat dann auf die sonnenüberflutete Straße hinaus. Der Kellner, der einen Nebentisch abräumte, blickte ihr nach, trat neben Daniel, begriff aber sofort, daß das keinen Sinn hatte, und lief ihr hinterher. Daniel blieb sitzen und beobachtete, wie sie den Geldbeutel aus ihrer paillettenbesetzten Handtasche nahm. Der Kellner lachte, gestikulierte, als wolle er sich entschuldigen, und nahm Inez einige der Geldscheine ab, die sie in die Luft hielt. Sie lehnte sich an den Kellner, stützte ihre Stirn an seiner Brust ab, doch der Kellner ließ beide Arme hängen, als wolle er sie nicht berühren. Schließlich gab sie sich einen Ruck, stellte sich aufrecht hin und ließ ihren Blick über die Gäste des Straßencafés schweifen, ohne Daniel zu erkennen, der sich erhoben hatte und regungslos neben ihrem Tisch stand. Er zögerte, bevor er auf sie zuging.

»Da bist du ja«, sagte sie und nahm ihn am Arm.

Die Straßen Portoferraios waren hoffnungslos verstopft, über den Gehsteigen schwebten Diesel- und Benzinwolken. Als sie am Hafen ankamen, sahen sie, daß vor kurzem eine Fähre aus Piombino angelegt hatte. Laster, Camper und PKW fuhren in einer Schlange über die Rampe auf den Quai.

»Wo ist es denn, das blöde Auto?« fragte sie und stampfte mit dem Fuß.

»Ich halte es für keine gute Idee, jetzt Auto zu fahren. In Ihrem Zustand«, sagte Daniel und nahm sie am Arm, der viel weicher war, als er erwartet hatte.

»In deinem, mein Junge. Dein. Ich heiße Inez.«

»Trotzdem«, sagte Daniel und ließ sie los.

»Wo mein Auto ist, will ich wissen!«

»Dort drüben«, sagte Daniel und schob sie durch den dichten Verkehr.

Nach ein paar Metern hängte sie sich kichernd bei ihm ein. Ihre Haut war heiß und mit einem feuchten Schweißfilm bedeckt.

»Uh, ist mir schlecht«, sagte sie, blieb stehen und hängte sich mit beiden Armen an Daniels Hals.

Ihre Haare rochen nach Rauch. Sie rieb ihre Wange an

seinem Kinn. Ihre Brüste fühlten sich hart und seltsam spitz an. Die Haut auf ihren Schultern war großporig und stark gerötet. Daniel sperrte sich erst gegen die Berührung, dann drückte er sich an sie. Es kam ihm wie eine Ewigkeit vor, bis sich Markus' Mutter von ihm löste.

»Was glaubst du, wie alt ich bin, Daniel?« fragte sie mit ernster Stimme.

Daniel schloß die Augen und tat so, als müsse er nachdenken. Er wußte genau, wie alt sie war. Siebenundvierzig. Durfte er ihr das sagen? Sie erwartete doch bestimmt, daß er sie jünger schätzte.

»Dreißig?« fragte er leise.

Sie sah ihn an, dann schüttelte sie den Kopf und nahm die Zigarillos aus ihrer Handtasche.

»Ach Gott! Vergiß es, mein Kind.«

Sie zündete einen Zigarillo an und stieß den Rauch knapp an ihm vorbei. Er bemerkte erschrocken, daß jetzt ein aggressiver Ausdruck in ihren Augen war. Sie lachte böse, ließ den Zigarillo zu Boden fallen und zertrat ihn.

»Sieht man meinen Titten an, daß sie operiert sind? Na, was denkst du?«

Sie trat einen Schritt zurück, so wie sie es schon mehrmals getan hatte, kniff die Augen zu und musterte ihn nachdenklich.

»Na?« fragte sie.

»Ich weiß nicht«, sagte er unsicher.

»Du weißt es nicht«, sagte sie sarkastisch.

»Ich glaube nicht, nein«, sagte er und sah zu Boden.

»Du glaubst nicht, nein?« fragte sie.

»Nein«, wiederholte er und sah sie an.

»Dann muß ich sie dir wohl zeigen, ja?«

Sie griff mit beiden Händen zwischen ihre Brüste, um den

Knoten ihrer Bluse zu lösen. Sie wirkte stark, entschlossen und wie jemand, dem ein großer Triumph bevorstand.

Aber Daniel ließ nicht zu, daß ihm die Mutter von Markus ihre Brüste zeigte.

Nicht hier, am Hafen von Portoferraio, inmitten der Autos, die von der Fähre fuhren. Und so ging er leicht in die Knie, atmete scharf ein und fing an zu laufen. Er lief nicht zu schnell, denn ihm war klar, daß er einen weiten Weg vor sich hatte, und er drehte sich auch nicht um, denn er wußte genau, welcher Anblick ihn erwartete.

AUF DER LETZTEN Seite der Geschichte prangt ein ringförmiger Fleck, Kaffee wahrscheinlich, von einer Tasse auf das Papier gedrückt wie von einem Stempel. Er schiebt die Seite auf seinem Pult hin und her, legt die linke Hand darauf, verdeckt den Fleck, spreizt die Finger und schließt die Hand zur Faust. Die zerknüllte Seite wischt er auf den Boden. Xaver ist ein Lügner, denkt er, das war er schon immer. Das Ferienhaus seiner Eltern in Südfrankreich war nichts als ein Reihenhäuschen, und am Meer lag es auch nicht. Das Häuschen befand sich in der dritten oder vierten Reihe der Überbauung, man konnte das Meer weder sehen noch hören. Das Zimmerchen, das er sich mit Xaver teilte, lag zwischen der Kochnische und dem Bad. Er erwachte immer wieder vom Tappen vorsichtiger Schritte auf dem schmierigen Linoleum und dem Quietschen der Eisschranktür. In der dritten Nacht begriff er, daß sich der Apotheker ein Bier nach dem anderen holte, um es im Dunkeln auf dem Sitzplätzchen zu trinken. Xavers Vater saß mit der Flasche in der Hand auf einem Campingstuhl und starrte bewegungslos auf den Parkplatz der Überbauung, auf dem sich streunende Katzen und Hunde um den Abfall stritten.

Der Wind frischt auf, drückt einen Fensterflügel zu, weht die Seiten vom Tisch, fährt rauschend durch die Wipfel der Bäume. Er bückt sich, läßt die Seiten aber liegen, denn plötzlich sieht er seinen eigenen Vater vor sich: Er liegt mit aufgerissenen Augen auf dem Rücken, eine steife Holzpuppe, in das

99

naßgeschwitzte Laken gewickelt wie in einen Kokon. Eine Larve, die sich nicht mehr bewegt, nie mehr.

Er stößt das Fenster auf, und der Geruch des Ziertabaks schlägt ins Zimmer. Das Haus des Apothekers ist dunkel. Der Wetterhahn dreht sich klappernd im Kreis. Er ist damals nicht freiwillig mit Xaver und dessen Eltern nach St. Marie Plage bei Perpignan gefahren. Seine Mutter lag mit einer schweren Lungenentzündung im Krankenhaus, und sie hatten die Wanderferien in Tirol absagen müssen.

Das Ferienhäuschen in Südfrankreich war dunkel und stickig. Aber die fremden Gerüche, die heiße Luft und das Salzwasser auf seiner Haut versetzten ihn in einen Zustand, der ihn irritierte: Er war hellwach und doch schläfrig, streitsüchtig und gleichzeitig immer kurz davor, in Tränen auszubrechen. Jede Kleinigkeit genügte, und Xaver und er fielen übereinander her. Sie rollten kämpfend über aufgeheizten Sand, schubsten sich von Felsen ins Mittelmeer, nahmen sich in den Schwitzkasten, glühten vor Zorn, gruben Löcher, die sie sofort wieder zuschütteten, warfen mit Steinen nach Möwen, brüllten sich Schimpfnamen ins Gesicht und liefen gleich darauf schreiend vor Glück den Strand entlang, bis sie ausgepumpt in einer verlassenen Bucht nebeneinanderhockten und auf das lichterflirrende Wasser starrten.

Xavers Vater kam mit ihnen an den Strand, lag auf einer Bastmatte, trug eine Sonnenbrille und Mützen, die er sich aus den Zeitungen faltete, die sie ihm jeden Morgen in einem Kiosk an der Promenade kauften. Xavers Mutter bekam die Sonne nicht: Sie lag den ganzen Tag in einem Liegestuhl im abgedunkelten Wohnzimmer. Ihr Gesicht war starr und hart, so stark war sie geschminkt. Ihr Bikini war so klein, daß er hoffte, ihre Brüste fielen aus dem Oberteil, wenn sie sich nach vorne beugte, um nach ihrer Limonade oder einem der

Rätselhefte zu greifen. Er stellte sich vor, allein mit ihr in dem Häuschen zurückzubleiben. Bevor er mit Xaver und dem Apotheker an den Strand ging, betrachtete er sie heimlich. Ihre Korkabsätze machten ein beunruhigendes Geräusch auf dem Linoleum, sie bückte sich mit durchgedrückten Beinen nach Kugelschreibern oder Badetüchern, und er starrte gebannt auf die blauen Adern in ihren Kniekehlen und den blonden Flaum auf der Innenseite ihrer Oberschenkel.

Er war dankbar um die Boxhiebe von Xaver, die Handkantenschläge in die Magengrube, den Sand, den dieser auf ihn häufte, dankbar um die Beleidigungen, den Asphalt, der ihm die Fußsohlen versengte.

Er bückt sich nach Xavers Seiten, sammelt sie zusammen und steckt sie in das Klarsichtmäppchen. Stoßweise fährt der Wind durch die Büsche. Er sieht die schaukelnden Bahnhofslampen vor sich, die Lichtflecke, die über den rötlichen Steinboden tanzen. Aber dann fällt ihm ein, daß der Bahnhof um diese Zeit dunkel ist.

Letztlich sind es die schrecklichen Geschichten, die anderen Menschen widerfahren, die uns über die Runden bringen. Auch wenn es natürlich nicht einfach ist, dies zuzugeben. Es mag uns schlecht gehen, aber die Tatsache, daß es anderen noch schlechter geht, richtet uns wieder auf. Was aber ist es, das uns hilft? Anteilnahme oder Schadenfreude?

Die folgende Geschichte wurde mir vor beinahe zwanzig Jahren erzählt. Und es ist beschämend, aber wahr: Sie war mir in vielen schwierigen und ausweglos scheinenden Lebenssituationen eine große Hilfe. Ich war damals mit einer Frau zusammen, die ich vergötterte und anbetete, aber nicht wirklich liebte.

Wir reisten mit einem gemieteten Camper durch Dänemark und Norwegen, und natürlich ahnte ich damals nicht, daß es unsere letzte gemeinsame Reise war. Der Bus war hellblau lackiert und wirkte auf den ersten Blick wie ein gewöhnlicher Lieferwagen. Allerdings ließ sich das Dach mit einigen einfachen Handgriffen so weit hochklappen, daß man aufrecht stehen konnte. Außerdem gab es ein breites Bett, welches tagsüber zum Tisch wurde, mehrere Schränke und Stauräume, einen Spültrog sowie einen Gaskocher. Wir benutzten den Wagen wie eine Festung, die wir nur im Notfall verließen. Vor der Abreise hatten wir uns vorgenommen, jede dritte oder vierte Nacht in einem Hotel zu verbringen, doch diesen Plan gaben wir bald auf. Wir verzichteten sogar darauf, den Bus auf Campingplätzen abzustellen. Wir parkten ihn an Flußufern, auf Autobahnraststätten und in der Lüneburger Heide direkt vor dem Restaurant, in dem wir eine versalzene Scholle gegessen hatten. Ich habe mich niemals wieder so frei und unbeschwert gefühlt wie auf dieser Reise. Wir machten nur, wozu wir Lust hatten. Das bedeutete auch, daß wir jeden Tag mehrmals miteinander schliefen; wir konnten unmöglich voneinander lassen. Aus dem Abstand der vergangenen Jahre betrachtet, war das wohl unsere Art, Abschied voneinander zu nehmen.

Nach zehn Tagen erreichten wir Hirtshals an der Nordwestküste Jütlands. Wir kamen abends an und parkten den Camper auf einer Klippe, von der man über das Skagerrak sehen konnte. Für den nächsten Tag hatten wir einen Platz auf der Fähre gebucht, die uns nach Norwegen bringen würde. Ein kalter Wind trieb uns durch die Straßen und bald an dieses, bald an jenes Ende der kleinen Hafenstadt. Schließlich setzten wir uns in eine Pizzeria mit Resopaltischen, auf denen Korbflaschen mit heruntergebrannten Kerzen standen. Gegenüber befand sich ein Seemannsheim, in dessen Aufenthaltsraum einige Männer weit auseinander an verschiedenen Tischen saßen. Wahrscheinlich lief irgendwo in diesem Raum ein Fernseher, denn die Männer sahen alle in die gleiche Richtung.

Wir tranken Bier aus der Flasche und aßen eine Pizza, die so groß war, daß sie die Hälfte unseres Tisches bedeckte. Jedesmal, wenn neue Gäste das Lokal betraten, trug der Wind den Geruch von Fisch, Dieselöl und dem Salz des Meeres herein, und wir alle hoben für einen Moment die Köpfe und schnupperten und waren froh, in der Wärme zu sitzen. Ich habe keine Ahnung, worüber wir uns unterhalten haben. Aber ich erinnere mich an ein leises Heimweh, das wohl von den Szenen ausgelöst worden war, die wir am Fährhafen beobachtet hatten: Autoschlangen, übermüdete und nervöse Passagiere, die mit ihren Fahrkarten herumwedelten und alle paar Minuten die Motoren starteten. Schließlich hatte sich die Kolonne in Bewegung gesetzt, und die Wagen waren langsam im Bauch des riesigen Schiffes verschwunden, das von blauschwarzen Wolkenwänden erdrückt zu werden schien. Weinende Kinder hatten sich aus Autofenstern gelehnt, um uns verzweifelt zuzuwinken.

Nach dem Essen setzten wir uns an die Bar der Pizzeria. Durch ein Fenster sah man auf eine Wiese, die bis zum Meer abfiel. Das Wasser war ebenso bewegt wie die Kronen der Bäume. Selbst das Haus schien sich zu bewegen. Seine Dachbalken knackten und knirschten, und bei besonders heftigen Böen klang es, als klopfe jemand mit der flachen Hand gegen das Glas. Die Kämme der Wellen leuchteten im letzten Tageslicht, als würden sie angestrahlt. Der Anblick dieser Wellen, die unermüdlich auf die Küste und die Kaimauer zurollten, war so bedrohlich, daß wir bald schwiegen und nur noch aus dem Fenster starrten. Die Haut meiner Freundin glühte, ich erinnere mich genau an die Berührung unserer nackten Unterarme. Die Überfahrt am nächsten Tag machte uns Sorgen, aber wir hielten es für besser, nicht darüber zu reden. In jener Nacht würden wir noch lange am Rückfenster unseres Campers sitzen, um mitzubekommen, ob der Wind abnahm oder auffrischte, und über die Geschichte der Frau nachzudenken, die uns in dem Moment ansprach, als ich zahlen wollte.

Die Frau war um die Fünfzig. Sie hatte kurze dunkle Haare, die sich dicht an ihren scharfgeschnittenen Kopf schmiegten und wie eine Perücke aussahen. Sie hatte gehört, daß wir wie sie aus der Schweiz kamen und ebenfalls am nächsten Tag mit der Fähre nach Kristiansand übersetzen würden. Die Frau war vor lauter Glück so aufgeregt, daß sie unbedingt mit jemandem reden wollte; sie mußte ihre Geschichte loswerden und bestellte sofort eine Runde Grog. Sie trug enge, verwaschene Jeans und ein Männerhemd mit hochgekrempelten Ärmeln. Später, als wir im Bett unseres Campers lagen und in den Sternenhimmel sahen, warf mir meine Freundin vor, ich hätte mit der Frau geflirtet. Doch das stimmte nicht. Ich hatte mich bloß von ihrer Begeisterung anstecken und mitreißen lassen.

Die Frau hieß Yvonne und war unterwegs zu ihrer Schulfreundin Corinna, die in den siebziger Jahren einen Norweger geheiratet hatte und in der Nähe von Stavanger lebte. Während der Schulzeit waren die beiden die besten Freundinnen gewesen, aber danach hatten sie sich aus den Augen verloren. Wir alle erinnern uns in bestimmten Situationen mit Wehmut an frühere Freunde. Freunde, die alles von uns wußten und deren Ängste und Träume wir teilten. Wir waren davon überzeugt, daß sie immer an unserer Seite bleiben würden und daß uns nichts trennen könnte. Und trotzdem verschwanden sie für immer aus unserem Leben. Heute sind sie in die ganze Welt verstreut, und manchmal fallen wir ihnen ein – so, wie wir uns mit einemmal an sie erinnern. Dann würden sie, genau wie wir, alles dafür geben, wenn wir wieder zusammensein könnten – wenn sie überhaupt noch am Leben sind.

Yvonne war zu jedem Klassentreffen ihrer Schule gefahren, aber Corinna war nie aufgetaucht. Niemand hatte die geringste Ahnung, wo sie lebte und was aus ihr geworden war. Sie war wie vom Erdboden verschwunden, genau wie ihre Eltern. Yvonne war zwar enttäuscht, aber sie unternahm nichts, um ihre ehemalige Freundin ausfindig zu machen. Manchmal sah sie sich die Klassenfotos an, denn das waren die einzigen Bilder, die sie von Corinna besaß. Auf beiden Aufnahmen standen sie nebeneinander in der hintersten Reihe. Ihre Schultern berührten sich, aber zu den anderen Mädchen, die neben ihnen standen, hielten sie Abstand. »Jeder, der sich die Fotos ansah, hielt uns für Schwestern«, behauptete Yvonne, »manche sogar für Zwillingschwestern.« Mittlerweile hatten sich die beiden fast zwanzig Jahre lang nicht mehr gesehen. Es hätte mich an jenem Abend in Hirtshals nicht erstaunt, wenn Yvonne die Klassenbilder auf den Tresen der Bar gelegt hätte. Statt dessen zeigte sie uns ein lindgrünes Kuvert, das sie offensichtlich schon so oft geöffnet und wieder zugemacht hatte, daß es völlig zerknittert war. Den Brief selbst zeigte sie uns nicht. Sie zog ihn zwar aus dem Umschlag und entfaltete ihn, aber sie zeigte ihn uns nicht wirklich. Der Brief war mit violetter Tinte geschrieben worden.

Yvonne hatte ihn vier Wochen, bevor sie sich mit uns unterhielt, erhalten. Sie behauptete, die Schrift sofort erkannt zu haben. Die Buchstaben, die sich leicht nach hinten neigten und die Rundungen wie Bäuche vor sich hertrugen, erinnerten sie an die Briefchen und Nachrichten, die ihr vor vielen Jahre soviel Vergnügen bereitet hatten. Yvonne arbeitete als unabhängige Journalistin für Frauenmagazine, und Corinna hatte eine ihrer Reportagen gelesen und sich an die Redaktion gewandt.

Yvonne trug Corinnas Brief zwei Tage lang mit sich herum, bis sie endlich den Mut hatte, ihre Nummer zu wählen. Seither hatten sie jeden Tag miteinander telefoniert – und jetzt war Yvonne also auf dem Weg nach Jorpeland am Idsefjorden. Wir hörten sofort, daß ihr Corinna die richtige Aussprache der Namen beigebracht hatte. Yvonne war so aufgeregt, daß sie immer wieder mitten im Satz zu reden aufhörte, weil sie unbedingt einen anderen Gedanken loswerden wollte. Sie kicherte wie ein Mädchen, aber das lag bestimmt auch am Alkohol: Sie bestellte eine Runde nach der anderen, und ich sah meiner Freundin an, daß sie genug hatte und gehen wollte.

Yvonne trug eine Silberkette um den Hals, die sich bei jeder Bewegung anders an ihre Schlüsselbeine schmiegte, welche aus der Haut traten wie kleine Flügel, die an der falschen Stelle angewachsen waren. Yvonne war braungebrannt, weshalb man deutlich erkennen konnte, daß sie bis vor kurzem einen Ring am Ringfinger ihrer linken Hand getragen hatte. War sie verheiratet gewesen? Auch darüber redeten meine Freundin und ich, als wir schließlich in unserem Camper lagen und uns im Arm hielten.

Bevor wir gingen, tauschten wir die Adressen aus und versprachen uns hoch und heilig, in Kontakt zu bleiben. Zum Schluß erzählte sie uns, was sie ihrer Schulfreundin als Geschenk mitbrachte: eine elektrische Schreibmaschine und einen Stapel Farbbänder. Corinna hatte ihr erzählt, daß sie schon seit Jahren davon träume, einen Roman zu schreiben, daß sie sich aber bis heute keine Schreibmaschine gekauft habe. Corinna wußte nichts von dem Geschenk. Yvonne klatschte begeistert in die Hände, als sie uns das verdutzte Gesicht ihrer Freundin beschrieb, wenn sie ihr die Schreibmaschine überreichen würde. Zum Abschied umarmten wir uns, und ich erinnere mich an meinen Schreck, als ich begriff, wie schmal Yvonne war.

Am nächsten Tag war der Himmel schwarz und das Meer eine brodelnde Masse. Am Hafen knallten die Fahnen so laut im Wind, daß es klang, als dresche jemand mit Holzbrettern auf Beton ein. Kartonschachteln hüpften über die riesige Parkfläche, die sich bereits Stunden vor der Abfahrt der Fähre füllte. Überall standen Leute, die besorgt auf das Skagerrak hinaussahen. Wir hatten uns entschlossen, das Bett nicht wieder zum Tisch umzubauen, und so liebten wir uns hinter den geschlossenen Gardinen des Campers, bis sich die Kolonnen in Bewegung setzten und wir im Schrittempo in das Schiff einfahren durften.

Die Überfahrt nach Kristiansand dauerte sechs statt vier Stunden und war grauenvoll. Wir hielten es nirgendwo länger aus und wechselten von der Bar in der Mitte der Fähre in eine Lounge mit schweren Sesseln auf dem Oberdeck und von dort in eine Sitznische im hintersten Teil der Fähre. Wir standen bei Wind und Wetter auf allen Decks, auf denen man sich aufhalten durfte, wanderten durch die Passage mit den Geschäften und kauerten in Toilettenkabinen: schlecht war uns überall. Yvonne sahen wir nicht wieder, obwohl ich gestehen muß, daß ich während der ganzen Überfahrt nach ihr Ausschau hielt.

Wir reisten drei Wochen durch Norwegen. In dieser Zeit stritten wir uns kein einziges Mal, das taten wir erst danach, als wir wieder zu Hause waren. Während der Reise waren wir jede Minute zusammen, der Camper war unglaublich eng, und wir verschmolzen sozusagen zu einer Person. Ich hatte keine Bedürfnisse, die nur mich betrafen, und ich war glücklich darüber. Die Tage kamen, die Tage gingen. Es gab weder eine Vergangenheit noch eine Zukunft. Es gab nur uns in einem hellblauen Bus, mit dem wir durch eine atemberaubende Landschaft fuhren. Wir verließen den Camper nur, um Lebensmittel einzukaufen, um zu tanken oder wenn wir unsere Wanderungen unternahmen. Abgesehen von Yvonne lernten wir niemanden kennen. Manchmal, wenn wir bewegungslos und ohne zu reden nebeneinanderlagen und durch die Hecktür über einen Fjord sahen, kam es vor, daß ich ihren Herzschlag für meinen hielt. Wir hatten eine Schuhschachtel voller Musikkassetten mitgenommen, hörten aber schon bald immer wieder dieselbe Kassette. Meine Freundin hatte sie vor unserer

Abreise aufgenommen, und die verschiedenen Songs paßten nicht nur perfekt zu der Landschaft, sondern auch zu unserer Stimmung. Natürlich war uns beiden klar, daß wir diese Nähe nicht ewig aushalten konnten. Trotzdem war es erstaunlich, wie schnell unsere Beziehung nach unserer Rückkehr in die Brüche ging.

Ein halbes Jahr nach unserer Reise trennten wir uns. Die Reise hatte uns einen neuen Maßstab für unsere Beziehung gegeben, dem unser Alltag unmöglich standhalten konnte. Das war der Grund unserer Trennung, wie ich heute vermute.

Zwei Monate nach unserer Rückkehr klingelte eines Abends das Telefon. Wir hatten uns eben gestritten, und ich weigerte mich, abzuheben, und trat auf den Balkon hinaus. Schließlich meldete sich meine Freundin. Sie gab sich nicht die geringste Mühe, ihre Wut zu verbergen. Ihre Stimme klang barsch, wurde aber nach wenigen Sätzen weich und freundlich. Da ich die Glastür geschlossen hatte, konnte ich leider nicht verstehen, was sie sagte. Sie wandte mir den Rücken zu, sah mich aber mehrmals verstohlen über die Schulter an, als habe sie etwas vor mir zu verbergen.

Eigenartigerweise wußte ich plötzlich, daß Yvonne am Apparat war.

Und ich wußte auch, daß es keine schöne Geschichte war, die sie meiner Freundin erzählte. Meine Freundin zündete sich zuerst eine Zigarette an, dann drehte sie sich nach mir um und sah mich entsetzt an. Das Gespräch dauerte sehr lange. Irgendwann öffnete ich eine Flasche Rotwein, brachte meiner Freundin ein Glas und leerte den Aschenbecher für sie.

Ich redete an jenem Abend nicht mit Yvonne. Ich habe überhaupt niemals mehr mit ihr geredet. Meine Freundin rief sie noch zwei- oder dreimal an, aber da Yvonne sich nie mehr bei uns meldete, brach der Kontakt bald ab.

Nachdem meine Freundin aufgelegt hatte, setzten wir uns mit dem Wein in die Küche, und sie erzählte mir, was Yvonne in Norwegen erlebt hatte. Im nachhinein war das der letzte Abend, den wir in Ruhe miteinander verbrachten, ohne uns Vorwürfe zu machen und anzuschreien.

Nach Ankunft der Fähre in Kristiansand hatte Yvonne in einem Restaurant am Hafen einen Tee getrunken. Ihr war so übel gewesen, daß sie sich hatte hinsetzen müssen. Der Boden bewegte sich auf und nieder, und die buntbemalten Häuserzeilen schienen so stark zu schlingern, als wollten sie ihre Bewohner aus den Fenstern schütteln. Uns war es ähnlich ergangen. Wir waren zwar sofort weitergefahren, gaben aber nach zwölf Kilometern auf. Wir stellten den Bus außerhalb der Ortschaft Mosby ans Ufer eines kleinen Sees und legten uns schlafen. Yvonne dagegen fuhr nach ihrer Ruhepause auf der E 18 Richtung Westen. Ihr war zwar immer noch schlecht, aber sie spürte, wie ihre Ungeduld abnahm. Je näher sie ihrer ehemaligen Schulfreundin Corinna kam, desto ruhiger wurde sie. Selbstverständlich fürchtete sie sich vor dem Wiedersehen, jetzt, da es kurz bevorstand. Plötzlich hatte sie es nicht mehr eilig. Sie begann zu bummeln, ließ sich von Lastzügen überholen, die geschälte Baumstämme geladen hatten. Nach 140 Kilometern nahm sie sich in Moi ein Stück abseits der Oberlandstraße ein Motelzimmer, von dessen Balkon sie über den Flekkefjord sehen konnte. Und obwohl sie wußte, daß Corinna ihren Anruf erwartete, wählte sie ihre Nummer erst am anderen Morgen. Corinna wollte ihr unbedingt entgegenfahren; außerdem war ihr Haus in den Hügeln nur sehr schwer zu finden. Sie vereinbarten, sich um den Mittag in Lauvik zu treffen; von dort würden sie mit der Fähre nach Oanes

übersetzen und die letzten paar Kilometer hintereinander her-
fahren.

Wie mir meine Freundin erzählte, verlor Yvonne kaum ein
Wort über das eigentliche Wiedersehen. Die beiden Frauen tra-
fen sich am Hafen von Lauvik und fuhren gleich auf die Fähre.
Die Überfahrt dauerte eine halbe Stunde, die sie auf dem offenen Deck verbrachten. Es gab so viel zu erzählen, daß sie
erst einmal schweigend im peitschenden Wind standen und
sich im Arm hielten.

Dann geschah das, was mir bis heute immer wieder einfällt,
ob ich will oder nicht. Und auch wenn meine ehemalige Freundin und ich uns alle paar Monate zufällig begegnen, reden wir
unweigerlich darüber.

Die beiden Schulfreundinnen gingen erst auf das Autodeck,
als die Fähre bereits im Hafen von Oanes eingelaufen war.
Und weil Yvonne Corinna unbedingt das Geschenk zeigen
wollte, das sie für sie mitgebracht hatte, öffnete sie den Kofferraum ihres Wagens. In diesem Moment sprang der Motor
des Lastwagens an, der neben ihnen stand. Im engen Gewölbe
des Autodecks muß dieser Motor geklungen haben wie das
Donnern eines Düsenflugzeuges oder das Brüllen eines Raub-
tieres. Dann ging ein Ruck durch die Fähre, wahrscheinlich
hatte sie am Pier festgemacht, und Corinna fiel hin. Gleichzeitig setzte sich der Lastwagen in Bewegung. Den Schrei, den
Corinna ausstieß, beschrieb Yvonne meiner Freundin so ein-
dringlich, daß es mittlerweile ist, als hätte ich ihn selbst gehört.
Die schweren Doppelräder des Lastwagens erfaßten Corinnas
Oberkörper, und sie wurde ein paar Meter mitgeschleift. Dann
wurde sie unter den Anhänger des LKW gedreht. Das folgende
Radpaar fuhr ihr direkt über den Kopf.

Corinna lag drei Wochen im Koma, bevor sie starb. Ihr Tod
war eine Erlösung, behauptete Yvonne. Sie saß jeden Tag auf

der Intensivstation am Bett ihrer Freundin. Sie sprach mit ihr, streichelte sie, wusch sie. Wenn Yvonne weinte, ging sie aus dem Zimmer. Am Tag als Corinna starb, zerschlug Yvonne die Schreibmaschine mit einem großen Hammer, den sie im Schuppen hinter Corinnas Haus fand.

Corinna starb, ohne das Bewußtsein wiedererlangt zu haben.

»Ich bin schuld an ihrem Tod«, sagte Yvonne, »wie soll ich damit leben?«

Nachdem mir meine Freundin Yvonnes Geschichte erzählt hatte, blieben wir ein paar Minuten wie gelähmt sitzen. Dann erzählten wir uns alle furchtbaren Geschichten, die uns einfielen. Es war, als hätten die Unfälle, Selbstmorde, explodierenden Gartengrills und vergifteten Haustiere, die Schlangenbisse, Bienenstiche und Todesfälle eine heilende Wirkung auf uns. Als könnte das Unglück anderer unser eigenes Unglück abwenden. Als wir uns um zwei Uhr schlafen legten, ging es uns besser. Allerdings nicht allzulange. Bald darauf trennten wir uns, wie gesagt. Meine Freundin ließ alles zurück: die Möbel, das Besteck, den Fernseher, die Stereoanlage, das wertlose Geschirr, alle Töpfe und Pfannen, die Teppiche, ihre Zahnbürste und ihr Shampoo, die Briefe und Postkarten, die ich ihr im Laufe der Zeit geschrieben hatte, ihre Duschhaube und die billigen gerahmten Kunstdrucke, die in ihrem Zimmer hingen. Eigentlich nahm sie nur ihre Kleider, Bücher und Schallplatten mit – und das Album mit den Fotos unserer Norwegenreise und die Kassette, die sie für diese Reise aufgenommen hatte. Es dauerte eine Weile, bis ich begriff, daß sie mir die Sachen nicht etwa dagelassen hatte, weil sie ein guter Mensch war. Sie ließ alles zurück, damit ich mich unablässig an sie erinnerte und daran, daß ich alles versaut hatte.

Wenn ich heute im Bett liege und die Augen schließe, nachdem ich zugesehen habe, wie der Schatten des Baumes vor dem Fenster auf der Wand erscheint und wieder verschwindet, weil der Wind die Straßenlampe bewegt, wenn ich also endlich die Augen schließe, dann wünsche ich mir nichts als einen tiefen und traumlosen Schlaf. Daß das nicht alles sein sollte, was sich ein Mann von fünfundvierzig Jahren erhofft, ist mir bewußt. Doch das ändert auch nichts daran.

Und bevor ich einschlafe, sehe ich Nacht für Nacht das Bild einer großen, leeren Lagerhalle, durch die ein Nachtwächter humpelt, der ein Licht nach dem anderen ausmacht, bis nur noch die eine Lampe über dem Ausgang brennt und eines der Lieder von unserer Kassette durch die Halle schwebt.

ERZÄHL MIR WAS, erzähl mir was: Sein Elternhaus, verwinkelt wie es ist, hat ihm schon als Kind Angst eingejagt. Nur hätte er das niemals zugegeben. Er vermutet, daß irgendwo sein alter Kassettenrekorder herumstehen muß. Früher hat er damit die Hitparade aufgenommen oder das Schnarchen seines Vaters oder die eigene Stimme, weil er sich nicht vorstellen konnte, wie sie klingt.

Als er im ersten Stock durch den dunklen Flur geht, sieht er, daß in der Küche Licht brennt. Er geht so leise er kann, obwohl sein Vater längst nicht mehr so gut hört wie früher. Auf dem letzten Treppenabsatz bleibt er stehen: Sein Vater sitzt am Küchentisch. Auch er war einmal jung, jung, voller Kraft und Träume. Die Haut seiner nackten Beine ist weiß. Wenn er sich bewegt, muß sie zerreißen. Er sieht das Blut über die Bodenfliesen spritzen. Sein Vater hat beide Hände um eine Tasse gefaltet, aus der es dampft; wenn er nicht einschlafen kann, trinkt er heiße Milch mit Honig. Er weiß, daß es richtig wäre, sich neben seinen Vater zu setzen und sich mit ihm zu unterhalten, aber er weiß auch, daß er es nicht tun wird. Kinder sind undankbar, das hat er am eigenen Leib erfahren. Wann hat er seine Tochter das letzte Mal gesehen? Sein Vater hebt die Tasse in die Höhe, stellt sie aber wieder ab, ohne getrunken zu haben. Die Tischplatte schimmert im Licht, es sieht aus, als würden die Unterarme und Hände seines Vaters in einer Wasserlache liegen. Er darf seinen einsamen Vater nicht zu lange betrachten, sonst bekommt er es mit der Angst zu tun. Früher hat sein Vater Geschirr gegen die Wände geworfen und alles besser gewußt. Nun ist er sanft. »Es geht darum, den Rest des Lebens hinter sich zu bringen und seine Zeit abzusitzen«, hat sein Vater vor ein paar Wochen zu ihm gesagt und dabei tapfer gelächelt. Früher hockte er mit seiner Tabakpfeife im Dunkeln und wollte nicht gestört werden. War er so stark, daß er seinen Sohn mit einem Arm hochheben und durch die Luft wirbeln konnte, bis der Junge glaubte, er werde den Erdboden nie wieder berühren.

Die Küchenuhr zeigt zwei Uhr zehn. Sein Vater sitzt reglos am Küchentisch und räuspert sich. Er kauert auf der Treppe und kann sich nicht von der Stelle rühren, auch wenn das seinem Vater gar nichts hilft. Es ist falsch, Mitleid zu haben, das ist ihm bewußt. Die Zeit steht trotzdem nicht still. Es ist so ruhig, daß er das Klicken hört, als der Minutenzeiger weiterspringt. Sein Vater hebt den Kopf, dann steht er ächzend auf, tritt an die Spüle und leert den Inhalt seiner Tasse in den Ausguß.

Er kennt jede Stufe der beiden Treppenabsätze, er weiß, welche Bretter knarren, wo er auftreten darf, schließlich hat er jahrelang versucht, die Strecke zurückzulegen, ohne seine Eltern zu wecken. In seinem Zimmer ist es kühl. Er schließt das Fenster, schaltet das Licht aus und legt sich hin.

Als er erwacht, hat er die Hand vor dem Mund. Hat er geträumt? Er warf mit Metallkugeln, die erstaunlich leicht waren, auf Holzenten, die in einer endlosen Reihe vor ihm vorbeigezogen wurden. Traf er eine Ente, klappte sie mit einem harten Knacken nach hinten, ihr Holzschädel explodierte, Federn stoben in die Luft. Sein Vater lobte ihn, aber seine Mutter war entsetzt. Sie drückte auf einen Knopf, und die Schießbude verschwand, als sei sie nie da gewesen. »Das hätte ich nicht von dir gedacht«, sagte sie, »nicht von dir ...«

Sein Mund ist trocken, aber er hat keine Lust, schon wieder in die Küche hinunterzugehen. Seine Armbanduhr zeigt zwei Uhr fünfzig. Er bleibt so lange liegen, bis sich sein Herzschlag beruhigt hat. Dann macht er das Licht an und setzt sich an sein Pult.

Kreschel ging in die falsche Richtung, trotzdem folgte ich ihm. Ich habe es aufgegeben, ihn auf seine Fehler aufmerksam zu machen. Kreschel ist mein Vorgesetzter. Er ist zwei Jahre jünger als ich, treibt regelmäßig Sport und pflegt seinen Körper mit einer Eitelkeit, die ich für lächerlich halte. Kreschel sieht unverschämt gut aus, das kann auch ein Nachteil sein. Er trägt ausschließlich italienische Anzüge, seine Schuhe läßt er sich nach Maß fertigen. Wenn er sich hinsetzt und die Beine übereinanderschlägt, ist zu sehen, daß er weiße Socken trägt. Auf meinen Einwand, daß dies nur Ossis tun, gibt er mir genau die Antwort, die ich von ihm erwartet habe: »Ich bin ein Ossi«, sagt er mit Nachdruck.

Es schneite, die Gehsteige in Magdeburg waren vereist. Kreschel hatte es nicht einfach mit seinen Ledersohlen. Er glitt alle paar Meter aus, ich hörte ihn schimpfen. Da ich wie immer beide Koffer trug, hatte er wenigstens die Hände frei. In seiner Gegenwart esse ich fast doppelt soviel wie gewöhnlich. Das gibt ihm die Gelegenheit, über seine vernünftige und gesunde Lebensweise zu referieren. Ich höre Kreschel gerne predigen, das macht es noch einfacher, ihn zu verachten. Er hatte zum Frühstück nichts als eine Tasse ungesüßten Schwarztee und eine Scheibe Knäckebrot ohne Butter oder Marmelade zu sich genommen.

Kreschel ruderte mit den Armen. Er sah aus wie ein Tänzer, der versucht, sich an die richtigen Schritte zu erinnern. Er taumelte und fiel beinahe hin. Schließlich hielt er sich an einer Parkuhr fest und drehte sich nach mir um.

»Es ist weg. Die Polacken haben mir mein Auto geklaut«, sagte er.

Sein BMW stand auf der anderen Seite des Hotels, da war ich mir absolut sicher. Die Koffer waren schwer, aber ich stellte sie trotzdem nicht in den Matsch; lächelnd schwang ich sie hin und her. Der perfekte Assistent, der sich fröhlich und ergeben durch Schnee und Eis kämpft.

»Hier habe ich ihn abgestellt. Genau hier«, behauptete Kreschel.

»Nein«, sagte ich, »nicht genau hier.«

»Sondern?«

Er ließ die Parkuhr los, um sich auf mich zuzubewegen. Aber da er erneut ausglitt, blieb er abrupt stehen. Er stieß weiße Atemwölkchen aus.

»Sondern?« wiederholte er.

»Nicht ganz genau hier«, sagte ich.

»Wo denn sonst, verdammt noch mal!«

Jetzt brüllte er. In seinem Gepäck hat er einen Expander, mit dem er jeden Tag eine Stunde »arbeitet«, wie er es nennt. Er hatte darauf bestanden, mir das Fitneßgerät vorzuführen. Seine Brust und seine Schultern sind rasiert. Kreschel trägt Unterhemden, die seine Muskeln betonen.

»Sondern auf der anderen Seite des Hotels«, sagte ich.

In diesem Moment begann sein Handy zu fiepen. Er drehte sich ab und machte einen Buckel, als wolle er mit dem Körper eine jener Sprechmuscheln bilden, die man von öffentlichen Telefonen auf Flughäfen oder Bahnhöfen kennt.

»Was?« schrie er, »was ist? Scheißverbindung! Hallo, was? Sind wir hier im Urwald oder was! Nix. Nix. Nix. Ich kann Sie nicht verstehen! Hallo! Verstanden? Hallo? Ich höre Sie nicht!«

Er klappte das Gerät zu und steckte es in die Innentasche seines Jacketts. Dann ging er an mir vorbei. Ich gab ihm einen kleinen Vorsprung; mein Vorgesetzter sollte seinen Wagen selber finden, das würde ihn versöhnlich stimmen.

Um unsere Unkosten möglichst niedrig zu halten, hatten wir eine sogenannte Zweiraum-Wohnung im ›Hotel Am Theater‹ bezogen. Auf diese Weise waren wir uns natürlich näher, als mir lieb war. Für die nächsten sieben Tage würden wir gemeinsam kochen, gemeinsam abwaschen, gemeinsam vor dem Fernseher sitzen und uns gemeinsam langweilen. Und wir würden uns wohl oder übel miteinander unterhalten. Kreschel verfügt über eine Handvoll Anekdoten, die ihn diskret glorifizieren und die er bei jeder Gelegenheit erzählt. Kreschel weiß nicht nur, wie man wildfremde Menschen in ein Gespräch verwickelt, er versteht es genauso, den Anschein von Vertraulichkeit zu erwecken und andere für sich einzunehmen. Leider neigt er dazu, Vorträge zu halten. Mittlerweile kann ich Interesse vortäuschen, ohne zuhören zu müssen. Ich nicke, schüttle den Kopf und lache an den richtigen Stellen. Ich stelle sogar Zwischenfragen und heuchle Zustimmung, Entsetzen oder Begeisterung.

Ich war nicht immer gezwungen, anderen etwas vorzumachen, war nicht immer ein Schwindler. Ich gab sogar zu den schönsten Hoffnungen Anlaß. Das zumindest verkündete meine Mutter unserer Verwandtschaft sowie den Nachbarn immer und immer wieder. Seit mehr als zwanzig Jahren habe ich diese Behauptung allerdings weder von ihr noch von meinem Vater zu hören bekommen. Ich habe die Hoffnungen, welche man in mich setzte, nicht etwa mutwillig zerstört. Im Gegenteil. Ich gab mir alle Mühe, sie zu erfüllen. Inzwischen haben mich meine Eltern genauso aufgegeben wie Fless, mein ehemaliger Vorgesetzter. Nachdem er mir fristlos gekündigt hatte, verlor ich vorübergehend die Nerven: Ich band mir ein Küchenmesser an den linken und eine Plastiktulpe an den rechten Unterarm und stellte mich als stumme Warnung vor einen Supermarkt. Auf dem Boden vor mir hatte ich Prospekte meines ehemaligen Arbeitgebers ausgebreitet. Die Farbaufnahme, die den siegessicheren Fless in seinem Büro zeigt, hatte ich mit einem Schraubenzieher zerkratzt. So schaffte ich seine grinsende Visage aus der Welt; ich hatte jeden einzelnen Prospekt sehr gründlich bearbeitet. Als ich diese Werbebroschüren an Passanten verteilte und dabei eine meditative Pose nachahmte, führte man mich ab. Den Polizeibeamten erklärte ich, wie wichtig es sei, die richtige Haltung zu bewahren: aufrecht. Stolz. Das waren die beiden Worte, die ich geduldig wiederholte. Aufrecht. Stolz.

In den drei Monaten, die ich in der Anstalt verbrachte, spielte ich jeden Tag Backgammon mit einem Mann, der sich weigerte, mit mir zu reden. Er gewann fast nie und freute sich trotzdem. Nach jeder Niederlage schüttelte er mir wortlos die Hand. Auf dem Fenstersims des Schlafsaales ordnete ich meine abgekauten Fingernägel zu Mustern an, die ich zerstörte, bevor sie jemand sehen konnte. Ich bin nicht verrückt, sondern einsam. Das ist nicht dasselbe.

Als ich aus der Anstalt entlassen wurde, zog ich nach Düsseldorf. Bei meinem Vorstellungsgespräch in Dresden sah Kreschel großzügig über meine Vergangenheit hinweg. Ich war bereit, mich ihm zu unterwerfen, das erkannte er auf den ersten Blick. Das einzige, was Kreschels Äußeres stört, ist sein Schnurrbart. Letzte Nacht hat er verlangt, daß wir Verkaufssituationen übten. Wir trugen bereits unsere Pyjamas. Kreschel gab den Vertreter, ich spielte die verschiedenen Kundentypen. Kreschel hat noch immer den Ehrgeiz, mir die Kunst des Verkaufens an der Wohnungstür beizubringen. »Wir reisen in Sachen Kultur durch die neuen Bundesländer« lautet sein Credo. Ich fürchte, daß er sich tatsächlich als eine Art Missionar versteht. Er bringt das Gute zu den Menschen, das Wissen zu den Unwissenden.

Wir gehen von Haus zu Haus, von Tür zu Tür mit unseren Koffern, wir sind nicht aufzuhalten. Und wenn man uns die Gelegenheit dazu gibt, preisen wir den persönlichen Gewinn an, der sich zwangsläufig ergibt, wenn man unsere Bestseller-Bücher liest oder sich unsere Videofilme ansieht. Aus den Abonnementsverträgen, die wir in den höchsten Tönen loben, kann man sich kaum je wieder befreien. Anfangs hatte ich Skrupel, doch das hat sich gelegt. Was wir Tag für Tag zu sehen bekommen, man glaubt es nicht. Die Welt, sie ist ein Jammertal.

Ein Pflug hatte die Straße geräumt, und Kreschels Auto war durch eine Schneewand von der Fahrbahn abgeschnitten. Ich legte die Koffer auf den Rücksitz und machte mich daran, den Wagen mit der kleinen Schaufel, die im Kofferraum auf den Kartons mit den Büchern und Kassetten liegt, freizulegen. Kreschel säuberte in der Zwischenzeit die Scheiben. Er trug Handschuhe aus braunem Wildleder, die augenscheinlich auf keinen Fall naß werden sollten. Er hielt den Eiskratzer wie ein rohes Ei und machte rhythmische Zischlaute. Ich bot ihm an, sich schon in den Wagen zu setzen. Während ich die Scheiben nachreinigte, konnte ich ihn beobachten: Kreschel saß mit gefalteten Händen am Steuer und redete mit sich selbst. Bestimmt repetierte er die Lehr- und Merksätze, nach denen er mich von Zeit zu Zeit abfragt. Es schneite noch immer, und ich fand Gefallen an der Idee, so lange Eis zu kratzen, bis ich vollständig eingeschneit und somit vom Erdboden verschwunden war. Aber als Kreschel den Motor startete, mußte ich zu ihm in den Wagen steigen. Ich schwitzte und war völlig außer

Atem. Meine körperliche Verfassung ist miserabel. In einem der Hotels, in dem wir regelmäßig übernachten, gibt es ein beheiztes Hallenbecken mit Sauna, Solarium und Fitneßraum. Niemals werde ich Kreschels entsetztes Gesicht vergessen, als ich dort das erste Mal aus der Garderobe kam: fett, bleich, Brust und Rücken dicht behaart und gleichwohl von provozierender Fröhlichkeit. Ich hatte mich vom Beckenrand ins Wasser fallen lassen, obwohl das ausdrücklich verboten war. Das Geräusch, das ich verursachte, war ohrenbetäubend, mein Bauch noch am anderen Tag rot und druckempfindlich gewesen. Mein Bauchsprung hatte das Wasser minutenlang bewegt. Ich war der Gorilla, Kreschel der Direktor des Zoos. Er hatte sich demonstrativ von mir abgewandt und war in den Duschräumen verschwunden.

Was mich immer wieder erstaunt, ist die unglaubliche Unordnung, die in Kreschels Auto herrscht. Er läßt einfach alles fallen und liegen. Neben unseren Koffern lagen alte Illustrierte, zerfetzte Verpackungen von Schokoriegeln und ein Herrenschirm auf dem Rücksitz. Der Boden war übersät mit leeren Chipstüten und Coladosen. Vor meinem Sitz lag eine Schachtel mit einem angebissenen Stück Pizza. Kreschel ist kein guter Autofahrer. Bei schlechtem Wetter fährt er natürlich noch unsicherer. Er drehte die Scheibe nach unten und starrte hilflos in den Flockenwirbel.

»Bei diesem Mistwetter läßt uns doch keiner in die Wohnung«, sagte er und sah mich herausfordernd an.

Es gehört zu Kreschels Taktik, Pessimismus zu verbreiten. Damit testet er meine Arbeitseinstellung. Er will hören, daß ich vor Zuversicht strotze, daß ich an unsere Mission glaube. Ich soll das Team, das hoffnungslos im Rückstand liegt und sich schon aufgegeben hat, zurück ins Spiel bringen und mit meinem Optimismus zum Sieg treiben. Meist mache ich ihm die Freude. Heute schwieg ich. Mir war kalt, und die Schaufelei hatte mich erschöpft.

»Na, mit dieser Einstellung können wir gleich im Bett bleiben«, sagte er.

Wir fuhren an einer hellerleuchteten Tankstelle vorbei. Neben dem Eingang stand ein Weihnachtsbaum mit Lichtern, die an- und ausgingen. Der Anblick dieses Baumes versetzte Kreschel einen regelrechten Schlag, das sah ich genau, obwohl er bemüht war, sich nichts anmerken zu lassen. Er kann seine Emotionen nicht vor mir verbergen. In seinem Gesicht läßt sich lesen wie in einem offenen Buch. Wäre ich einer seiner Kunden, ich würde ihm keine seiner Lügen abnehmen. Auf den Kopf zu würde ich ihm sagen, daß er unglücklich sei, sehr unglücklich. Das Herz ist so groß wie eine Männerfaust, dachte ich, größer ist es nicht. Aber ich behielt den Gedanken für mich. An einer Kreuzung bremste Kreschel viel zu scharf ab. Schneebatzen rutschten vom Dach und fielen auf die Motorhaube.

»Na gut«, sagte er, »dann machen wir heute eben keinen Abschluß. Nicht einen einzigen. Auch gut. In Ordnung. Hab ich keine Probleme mit.«

Es hat eine Weile gedauert, bis ich akzeptierte, daß mein Vorgesetzter ein erwachsener Mann mit der psychischen Konstitution eines Kleinkindes ist. Die meiste Zeit benimmt er sich wie ein Junge, dem man auf dem Schulhof das Pausenbrot weggenommen hat und der deswegen die ganze Welt haßt.

»Und ob wir einen Abschluß machen«, sagte ich brav.

»Einen?« fragte er scheinheilig.

Er hält sich immer an die Spielregeln und hat kein Gehör für Ironie oder Sarkasmus. Alle Gespräche mit ihm verlaufen nach demselben Muster.

»Einen am Morgen. Und nachmittags drei.«

»So gefallen Sie mir, Dietmann! Das ist die richtige Arbeitsmoral. Immer volle Kanne vorwärts!«

»Und ungebremst in die nächste Wand«, sagte ich und deutete nach vorn.

Auf der Straße lag der umgekippte Anhänger eines Lastzuges. Der Schnee dämpfte die Geräusche der Stadt, ließ alles in einem sanften Licht erscheinen. Vor dem Anhänger lag ein Fahrrad mit verbogenem Vorderrad. Eine Frau, deren Stirn blutete, stand auf der Straße. Niemand schien sich um sie zu kümmern. Nichts bewegte sich, nur wir.

Kreschel trat viel zu abrupt auf die Bremse. Unter der Schneedecke hatte sich wohl eine Eisschicht gebildet: Das Auto drehte sich jedenfalls einmal im Kreis. Kreschel gab Gas, und wir schlitterten quer über die Straße und kamen nur knapp vor den geparkten Autos auf der Gegenfahrbahn zum Stehen. Kreschel würgte den Motor ab. Ich verzichtete auf einen Kommentar. Wir saßen schweigend nebeneinander wie zwei Freunde, die längst alle Unstimmigkeiten ausgeräumt haben und mit sich im reinen sind.

»Wissen Sie, was mir mein Vater gesagt hat, drei Tage, bevor er gestorben ist?« fragte Kreschel plötzlich.

Ich schüttelte den Kopf. Mittlerweile standen mehrere Leute bei der gestürzten Radfahrerin.

»Du mußt lernen, dich selbst zu heilen. Überlaß das nicht den Friedensstiftern. Das hat er zu mir gesagt.«

»Friedensstifter?« fragte ich.

»Keine Ahnung, was er damit gemeint hat. Er war Alkoholiker.«

»Mein Vater ist auch tot«, log ich.

»Und Ihre Mutter?«

»Ich habe keine Mutter«, sagte ich.

»Jeder hat eine Mutter. Jeder. Sie auch, Dietmann.«

»Nein. Ich nicht«, sagte ich stur.

In diesem Moment hämmerte jemand auf das Dach von Kreschels Auto. Drei Männer in Overalls standen im Gestöber und bedeuteten uns mit Handzeichen, auszusteigen. Die Luft war schneidend kalt, das Licht weich und diffus. Kreschel zog schnell die Handschuhe aus und warf sie aufs Armaturenbrett.

»Von drüben, wa«, sagte einer der Männer.

Er roch nach Bier und hatte eine Stulle in der Hand, die mit Schnee bedeckt war. Ich rührte mich nicht. Die kalte Luft drang durch meinen weit geöffneten Mund und schien meinen Körper zu vergrößern. Ich fühlte mich wie ein Vogel, der bald aufsteigen wird. Ich faßte mir an die Nase. Über den Dächern war etwas, das sich wunderbar lautlos bewegte: dicht fallender Schnee. Schnee bedeutet Geborgenheit, Kindheit. Was darauf folgt, ist Niedergang, Verwesung. Was lehrt uns die Kindheit? Daß das Leben vergeht, daß wir dem Untergang geweiht sind. Kreschel hatte bisher noch nie mit mir über sein Leben gesprochen. Ich wußte nichts Persönliches von ihm. Bis heute hatte mich das auch gar nicht interessiert.

»Immer in Eile, ihr Jungs aus Köln, wa«, sagte der mit der Stulle und zeigte auf Kreschels Nummernschild.

Kreschel schüttelte den Kopf. Er breitete seine Arme aus und ging auf die Männer zu.

»Blödsinn«, sagte er weinerlich, »ich stamme aus Karl-Marx-Stadt.«

»Das war einmal und ist nicht mehr«, sagte der Bärtige.

»Ihr steht trotzdem im Weg«, sagte der Dritte.

Er zog gierig und verstohlen an einer Zigarette, die er in der hohlen Hand verbarg.

»Der Wagen hat sich wie von selbst gedreht«, sagte Kreschel.

»Is doch 'n BMW«, sagte der Bärtige.

»Es ist nicht meine Schuld«, sagte Kreschel.

»Schuld sind immer die anderen, logisch«, spottete der, der nach Bier roch, »setzt euch endlich in eure Karre, damit sich wat bewegt.«

Er hatte seine Stulle in einen Vorgarten geworfen und dabei ein angewidertes Gesicht gemacht. Jetzt schnupperte er an seinen Fingern. Die drei Männer sahen sich an, lachten und machten dann Handbewegungen, als wollten sie zwei lästige Köter vertreiben, kläffende Wadenbeißer, die niemandem Freude machen, abgesehen von ihrem Besitzer. Wir stiegen ein und warteten.

»Mach vorwärts, Genosse«, rief der Bärtige.

Kreschel seufzte und startete den Motor. Die Männer schoben uns in die Mitte der Straße. Die Radfahrerin war weg, der Schnee voller Blut. Es roch nach Südfrüchten. Kreschel beschleunigte, an der Frontscheibe zerstob Schnee. Ich drehte mich um: Die drei Männer standen dicht nebeneinander und hatten sich die Arme um die Schultern gelegt. Sie sahen uns nach und wirkten wie Männer, die nicht an sich selbst glauben, genau wie wir.

»Diese Leute sind total übergeschnappt«, sagte Kreschel.

Wir fuhren über eine Brücke und verließen Magdeburg. Das Wasser der Elbe glänzte, als habe man flüssiges Silber hineingegossen, das nun als zarte Haut auf der Oberfläche trieb und sachte auf und nieder schwappte. Der Himmel war schiefergrau und öffnete sich mit einemmal. Sonnenlicht schoß durch die kahlen Äste der Bäume und schien auf der Scheibe vor uns zu explodieren. Ich schloß unwillkürlich die Augen und hob instinktiv die Arme vors Gesicht. Kreschel lachte hysterisch und bremste das Auto auf Schrittempo herunter. Das Licht war umwerfend, es löschte alles aus. Manchmal kommt es mir vor, als seien wir alle gar nicht wach, als schliefen wir und warteten auf etwas, unsere Gesichter mit geschlossenen Augen in die Sonne gehoben wie Träumer, Schläfer.

»Kacksonne«, sagte Kreschel.

Ich mußte mich beherrschen, hätte ihn gerne angebrüllt und geschlagen. Meine Hände zitterten.

»Sie kennen den Weg, Dietmann?«

Ich nickte. Dann zog ich den Plan aus der Brusttasche. Bei Kunden, deren Häuser nicht einfach zu finden sind, mache ich möglichst genaue Wegbeschreibungen. Die Sonne verschwand wieder hinter den Wolken, aber das Wetter wurde besser, je weiter wir uns von Magdeburg entfernten. Schnee wurde von der Motorhaube hochgewirbelt und stob auseinander, als mache uns jemand Platz.

»Und?« fragte Kreschel ungeduldig.

»Nach der Shell Tankstelle müssen wir rechts abbiegen«, sagte ich.

»Was denn für eine Tankstelle? Ich seh keine Tankstelle!«

»Nach etwa vier Kilometern«, sagte ich, »direkt hinter einer verfallenen Scheune auf der linken Seite.«

»Was denn nun: rechts oder links?«

»Tankstelle links. Abzweigung rechts.«

»Und die Scheune?«

»Links«, sagte ich.

Kreschel fuhr langsam und vorsichtig. In heiklen Situationen bearbeitet er seine Unterlippe mit den Zähnen. Männer sind auf die Niederlagen anderer Männer angewiesen. Das gibt uns das Gefühl, nicht alleine zu sein, und bestätigt uns auf trügerische Weise.

Vor einem Monat hatte Kreschel ein Reh angefahren. Ich bin überzeugt davon, daß mir das nicht passiert wäre. Dabei war das Tier buchstäblich aus dem Nichts auf der Landstraße aufgetaucht. Urplötzlich stand es im Licht der Scheinwerfer, groß und wie aus einer anderen Zeit vor unsere Kühlerhaube geraten. Das Reh kam in Zeitlupe auf uns zu und schien abzuheben wie ein fliegendes Pferd. Für den Bruchteil einer Sekunde glaubte ich wirklich, Kreschel schaffe es, dem Tier auszuweichen. Dann prallte der schwere Körper krachend gegen die rechte Wagenseite, genau auf meiner Höhe, wie mir schien.

Im nachhinein glaube ich sogar, ein Auge des Rehes gesehen zu haben: Es starrte mich überrascht an, als wisse das Tier, daß es im nächsten Augenblick sterben würde. Oder war das Reh zu diesem Zeitpunkt schon tot gewesen? Der Körper hatte sich in der Luft gedreht und war hinter uns auf den Asphalt geklatscht, wo er sich mehrmals überschlug, bis er endlich in der Böschung verschwand.

Kreschel hatte den Wagen erst nach ungefähr 400 Metern angehalten. Die Straße war leer gewesen. Leer, still und verlassen. Kreschel hatte den Motor abgeschaltet, ohne sich zu rühren, ohne ein Wort zu sagen. Dann hatte er laut aufgeschluchzt und mich hilfesuchend angesehen. Er hatte sich geweigert, auszusteigen. Er blieb sitzen, während ich die Böschung nach dem Reh absuchte. Wind war durch Büsche und Felder gestrichen, ich hörte das Blut in meinen Ohren rauschen. Am Griff der Beifahrertür klebten Haare, eine Blutschliere zog sich über die ganze rechte Wagenseite. Die Nacht war lau gewesen, warm. Niemand hatte uns überholt oder gekreuzt, kein einziges anderes Auto, niemand. Außer uns gab es keine Zeugen. Die Delle im Blech hatte die Form einer riesigen Baumnuß. Das Reh hatte wirklich ausgesehen wie ein fliegendes Pferd. Mit bebenden Flanken und geblähten Nüstern. Nach ein paar Schritten war ich gestolpert und in die Knie gegangen. Der Asphalt war rauh gewesen. Der Geschmack meines Blutes, das ich von meiner aufgeschrammten Hand leckte, hatte mich etwas besänftigt. Ein Feldweg hatte sich durch eine Wiese geschlängelt, der Kies leuchtete verheißungsvoll. Gerne wäre ich auf diesem Weg in die Nacht hinausgegangen.

Kreschel heulte. Er hielt das Steuerrad mit beiden Händen umklammert. Ich hatte ihm erzählt, das Reh sei noch nicht tot gewesen. Um es zu erlösen, hätte ich es mit einem Stein erschlagen. Aber in Wahrheit hatte ich das Tier gar nicht gefunden. Ich hatte nicht einmal richtig nach ihm gesucht, denn ich hätte seinen Anblick so wenig ertragen wie Kreschel. Er hatte sich bei mir bedankt.

»Da ist die Tankstelle«, sagte Kreschel, »Shell.«

»Ja, da ist sie. Jetzt rechts abbiegen.«

Die Nebenstraße war nicht geräumt worden, die Schneedecke ohne Reifenspuren. Eingeschneite Markierungsstangen wiesen uns den Weg. Der Himmel war tief verhangen. Kreschel starrte angestrengt nach vorne. An mehreren Stellen drehten die Hinterräder leer, und er schloß die Augen und pfiff durch die Zähne. Er hatte rote Flecken im Gesicht. Die Straße folgte erst der Flanke eines Hügels und führte danach über einen Sattel in ein enges Tal. Jetzt war der Belag voller Schlaglöcher, denen man unmöglich ausweichen konnte. Trotzdem warf ich es Kreschel in Gedanken vor, daß der Wagen so stark schüttelte und daß mir der Schulterriemen des Sicherheitsgurtes ins Fleisch schnitt.

Als Junge hatte ich eine Spielzeugpistole mit einem Kunstlederhalfter zu Weihnachten geschenkt bekommen. Ich hatte die Pistole, mit der man Plastikpatronen verschießen konnte, in einen Lappen gewickelt und in die Schultasche gesteckt. Eine Zeitlang nahm ich sie jeden Tag mit zur Schule. Mindestens einmal am Tag nahm ich sie auf dem Schulklo aus der Tasche, wickelte sie aus dem Lappen und übte die richtige Schußposition. Ich hielt sie in der Hand und stellte mir vor, wie die anderen reagieren würden. Daß man auf den ersten Blick erkannte, daß die Waffe bloß ein Spielzeug war, störte mich nicht. Nur einmal zeigte ich die Pistole jemandem: Das Mädchen, in das ich verliebt war, hatte mir mitgeteilt, daß sie eher den Mathematiklehrer küssen würde als mich. Wir alle haßten diesen Lehrer, der die Basketballmannschaft der Mädchen trainierte und als Spanner galt. Ich zerrte das Mädchen auf dem Schulweg in eine Toreinfahrt und setzte ihr den Lauf der Pistole an die Schläfe: »Und?« fragte ich sie, »wen küßt du lieber?« »Ihn«, hatte sie geantwortet und mir ins Gesicht gespuckt. Am Abend hatte ich die Pistole mit einem Stein zerschlagen. Es gelang mir nicht, mir Kreschel mit einer Spielzeugpistole vorzustellen. In meiner Vorstellung saß er auf seinem Kinderbett aus Metall und spielte mit einem Plüschelefanten, dem ein Ohr fehlte.

»Pißstraße! Wir sind doch falsch hier, Mensch«, sagte Kreschel.

»Nein«, sagte ich, »wir sind genau richtig.«

Die Straße führte in einen dichten Wald. Zwischen den Bäumen stand Nebel, dort war der Schnee bestimmt gefroren. Nach wenigen hundert Metern gabelte sich die Straße.

»Links«, sagte ich.

»Ich hoffe, Sie wissen, was …«

»Die rechte Straße führt in eine Kiesgrube«, unterbrach ich ihn, »wir haben sie das letzte Mal genommen.«

»Wie lautet unser oberstes Gebot, Dietmann?«

»Unterbrich nie einen Kunden«, sagte ich, ohne nachzudenken.

»Exakt, Dietmann. Niemals!« sagte Kreschel zufrieden.

Die Straße wurde noch schmaler und mündete bald in eine steile, ausgefahrene Zufahrt. Durch die Bäume war ein Teil von Hübners Haus sowie das Dach seines Schuppens zu erkennen.

»Heute wird Hübner zahlen, was denken Sie, Dietmann?«

»Ich weiß es nicht.«

»Er muß. Sonst hat das Sackgesicht endgültig den Gerichtsvollzieher am Hals.«

»Das dürfte ihm egal sein«, sagte ich.

»Hübner zahlt. Garantiert«, sagte Kreschel und klopfte bestätigend auf das Armaturenbrett.

Hinter Hübners Haus erstreckte sich eine große Wiese, die durch mehrere Zäune unterteilt war. Kreschel schaltete den Motor aus und schlüpfte in die Handschuhe. Sorgfältig und energisch zog er an jedem Finger das Leder straff und ballte dann ein paarmal die Fäuste.

»Also«, sagte er, »wir geben niemals auf. Hübner muß zahlen. Und damit basta.«

»Er muß nicht. Aber er wird«, sagte ich feierlich.

»Konzentrieren«, flüsterte Kreschel, »konzentrieren und tief durchatmen. Unser Körper ist der Tempel jenes Atems, der uns zum Sieg tragen wird. Suchen Sie Ihre Mitte, Dietmann.«

Vor unangenehmen Aufgaben flüchtet sich Kreschel gerne in esoterisches Geschwätz. Gelegentlich faltet er dabei sogar die Hände, als wolle er mit mir beten. Wir hatten Hübner ein Abonnement für eine Buchreihe aufgeschwatzt, die dafür konzipiert ist, bis in alle Ewigkeit fortgesetzt zu werden. Dicke Bildbände, die jenes Halbwissen verbreiten, das niemandem etwas hilft. Es gehört auch zu unseren Aufgaben, säumige Kunden davon zu überzeugen, daß es vernünftiger ist, ihren Zahlungsverpflichtungen nachzukommen. Hübner hatte auch ein Videoabonnement unterschrieben, das ihm jeden Monat zwei Pornofilme ins Haus lieferte. Bisher hatte Hübner keine der anstehenden Raten bezahlt. Kreschels Geduld war am Ende.

»Bereit?« fragte er.

»Bereit«, sagte ich.

Er ließ den Motor an und fuhr vorsichtig die Auffahrt hinunter. Vor dem Haus angekommen, wendete Kreschel das Auto, ohne ein Wort darüber zu verlieren. Nichts rührte sich. Erst als Kreschel den Motor ausschaltete, schlug ein Hund an. Hinter dem Haus gab es Verwehungen. Die Schneedecke vor der Eingangstür war unberührt. Aus dem Schornstein stieg Rauch, die Gardinen der vier Fenster an der Vorderseite des Hauses waren geschlossen. Für ein paar Sekunden brach die Sonne durch die Wolken und ließ die Wiese hinter dem Haus aufgleißen. Motor und Karosserie von Kreschels Wagen knackten. Der Hund, der nirgends zu sehen war, hatte sich wieder beruhigt. Kreschel zog den Zündschlüssel ab. Sein Blick war kalt und abweisend.

»Machen wir den Heini fertig«, sagte er und stieg aus.

Kaum stand er im Freien, schoß ein großer Schäferhund aus der Scheune und lief direkt auf Kreschel zu. Der Hund bellte. Sein Schwanz peitschte den Schnee so heftig, daß es seinen Körper hin und her warf.

»Ach du meine Güte«, sagte Kreschel, trat zurück und hob schützend die Hände vors Gesicht.

Er rutschte aus und fiel der Länge nach hin. Der Schäferhund sprang über ihn hinweg, drehte sich sofort um und blieb knurrend vor meinem Vorgesetzten stehen, der kläglich wimmerte.

Ich stieg aus und warf eine Handvoll Schnee nach dem Hund, der sich erstaunlicherweise von Kreschel abwandte und mit erhobenem Schwanz auf mich zutrabte. Der Hund blieb ungefähr einen Meter vor mir stehen, stolz und unnahbar. Wir sahen uns an, ohne uns zu bewegen. Als ich schließlich meine Hand hob, versteifte sich sein Körper. Seine Lefzen zitterten, aus seiner Schnauze tropfte Speichel. Kreschel stand vorsichtig auf, wobei er mich bittend und voller Angst ansah. Der Schäferhund drehte kurz den Kopf in Kreschels Richtung und wandte sich dann wieder mir zu. Wir sahen uns direkt in die Augen und beobachteten uns genau. Unter dem Fell des Tieres schienen Muskeln zu kribbeln, als seien sie elektrisch geladen. Der Hund streckte die Schnauze in die Höhe, gab ein Japsen von sich und lief hinter Hübners Haus.

»Blödes Vieh«, sagte Kreschel.

»Nein«, sagte ich, »Hunde sind des Menschen bester Freund.«

»Schwachsinn! Gehen wir.«

Von der Haustür blätterte die Farbe, vor den Fenstern waren Fliegengitter angebracht, deren Drahtgeflecht von Rostflecken gesprenkelt waren. Ich hörte Kreschels Atem. Wir mußten mehrmals klopfen, bis uns ein großgewachsener Junge mit schulterlangen Haaren öffnete. Er sah erstaunt an uns vorbei, als könne er nicht glauben, daß wir nur zu zweit gekommen waren. Kreschel drängte sich wortlos an ihm vorbei, und ich folgte ihm. Wir kamen in ein finsteres Zimmer, in dem es gemütlich warm war. Eine Frau saß vor dem Fernseher, auf der Lehne des Sofas lagen drei Katzen, die träge die Köpfe hoben und uns ansahen. Die Frau starrte auf den Bildschirm, ohne sich um uns zu kümmern. Der Junge warf die Haustür ins Schloß und zog uns in einen Flur, in dem es nach feuchten Kleidern roch.

»Kannst du uns sagen, wo wir deinen Vater finden?« fragte Kreschel.

Der Junge nickte und öffnete eine Hintertür, an der ein schwarzer Mantel hing. In der Ecke lehnte ein Gewehr.

»Gernot ist bei den Tieren«, sagte der Junge.

»Wer? Bei welchen Tieren?« bellte Kreschel.

»Mein Vater. Kommen Sie.«

»In den Stall? Wir sind doch nicht verrückt.«

Kreschel packte mich am Arm, als müsse er mich zurückhalten. Durch die offene Tür konnte man weit über die Ebene sehen. Sonne drückte durch die Wolkendecke und tauchte die Gegend in ein unwirkliches, schwefelgelbes Licht. Der Junge nahm den Mantel vom Türhaken und trat ins Freie.

»Nicht mit uns«, sagte Kreschel unsicher.

»Wir nicht«, ergänzte ich.

Wir blieben stehen. Ich sah Kreschel zum ersten Mal an, daß er unsere Arbeit auch nicht mochte. Unter anderen Umständen hätten wir vielleicht sogar Freunde werden können.

»Was is nu? Kommen Sie?« fragte der Junge.

Er stand unter der offenen Tür. Er hatte sich eine Wollmütze aufgesetzt und tief in die Stirn gezogen. Seine Haare waren strähnig.

»Wohin?« fragte Kreschel.

»Zu meinem Vater.«

Der Junge drehte sich um und ging voraus. Er wußte ganz genau, daß wir ihm folgen würden. Kreschel nahm das Gewehr in die Hand und sah mich triumphierend an.

»Das halte ich für keine besonders gute Idee«, sagte ich.

»Kann ich mir vorstellen. Nur zu unserer Sicherheit.«

Kreschel trat aus dem Haus, und nach kurzem Zögern ging ich ihm nach. Er trug das Gewehr über der Schulter und machte große wichtigtuerische Schritte. Zu gerne hätte ich seinen Gesichtsausdruck gesehen. Der Junge hatte fast zwanzig Meter Vorsprung. Er schien sich nicht um uns zu kümmern, aber ich sah ihm an, daß er auf uns achtete. Wir gingen über eine Schneedecke, die hier auf der Schattenseite des Gebäudes verharscht war und unser Gewicht beinahe trug. Wir brachen kaum ein und hinterließen nur sehr flache Spuren. Wir gingen an der Scheune vorbei auf ein Wäldchen zu.

»He«, schrie Kreschel, »he, was soll das? Wohin gehen wir, he!«

Der Junge blieb weder stehen, noch drehte er sich um. Er ging einfach zielstrebig weiter und hatte die ersten schneebedeckten Tannen fast schon erreicht. Es war sehr kalt.

Da sah ich den Hund. Er setzte in großen Sprüngen über den Schnee und lief direkt auf Kreschel zu, der ihn erst bemerkte, als er das Geräusch der Krallen auf dem Harsch hörte. Kreschel stieß einen Schrei aus und riß das Gewehr in die Höhe. Wenn ich ihm nicht in den Arm gefallen wäre, hätte er Hübners Hund erschossen.

So aber schoß er in den Himmel, und wir fielen beide in den Schnee. Warum der Schäferhund weder ihn noch mich anfiel, weiß ich nicht. Der Knall schien sich noch und noch zu wiederholen und klang in meinen Ohren wie ein endloses Echo. Dabei war es, nachdem Kreschel den Schuß abgegeben hatte, totenstill. Der Junge stand am Rand des Wäldchens und traute sich offenbar nicht, näher zu kommen.

An jenem Tag kurz vor Weihnachten konnte ich nicht ahnen, daß mich Kreschel schon bald entlassen würde. Und auch von meinem neuen und glücklichen Leben, das damit begann, wußte ich damals natürlich nichts.

An jenem Tag kurz vor Weihnachten wollte ich nur, daß die Zeit stehenblieb: Aug in Aug mit dem Hund, der drohend vor mir aufragte, knurrte und die Zähne fletschte und der mich besser verstand als irgend jemand sonst. Ich kroch auf allen vieren auf den Hund zu, bis sich unsere feuchten Nasen berührten.

Das Heulen, das wir beide ausstießen, war schwach und leise. War ein reiner Ruf über das Ufer des Flusses und den großen stillen Urwald hinweg, von Hund zu Hund.

PLÖTZLICH WEISS ER, woran ihn Xavers Steuerrad erinnert. Er hat mehr als vierzig Jahre nicht mehr an das Modellboot gedacht. Wo findet er es? Er legt das Steuerrad auf seine offene Handfläche und dreht es mit dem Zeigefinger im Kreis. Der Wind hat weiter zugenommen. Er öffnet beide Fensterflügel und schöpft frische Luft. Irgendwo klappert eine Tür. Sein Vater wird wachliegen und darauf warten, daß er sich darum kümmert.

Der Schrank in seinem Zimmer ist leer, abgesehen von einem schlaffen, braunen Lederball und einer Steinschleuder, deren Gummiband ausgeleiert ist. Er zuckt zusammen, weil ein Güterzug wie aus dem Nichts an ihrem Haus vorbeifährt. Er hat also doch verlernt, auf die Anzeichen zu achten, den fernen Ton, das leise Singen. Das Schlagen der Achsen setzt sich als Klirren in den Scheiben fort. Xavers Steuerrädchen ruckelt über das Pult, dreht sich wie im Steuerhaus eines Geisterschiffes. Der Zug ist endlos lang. Ein Waggondach nach dem anderen gleitet unter seinem Fenster vorbei und verschwindet in der Nacht.

Er öffnet die Zimmertür, tritt auf den Flur und lauscht eine Weile, um sicherzugehen, daß sich sein Vater wieder hingelegt hat. Als Kind hat er es gehaßt, den Dachboden zu betreten. Er öffnet die Bodenluke und zieht die Treppenleiter zu sich herunter. Mit Xaver ist er kein einziges Mal hier oben gewesen; er war überhaupt nie mit einem anderen

Kind auf diesem Dachboden, auch mit keinem Mädchen. Das Licht der nackten Glühbirne wirft harte Schatten; seine Mutter hat ihm vor vielen Jahren erklärt, wo die Holztruhe mit seinen alten Sachen steht. Seine schnellen, vorsichtigen Schritte wirbeln Staub auf. Wollige Girlanden schweben in die Höhe, senken sich auf Plastikschränke, Kartonschachteln, Skier, Koffer, abgetragene Schuhe, verrostete Gartenwerkzeuge und leere Bilderrahmen. Aber er will sich nicht um all die anderen Sachen kümmern, die seit Jahrzehnten hier oben liegen. Die Truhe steht vor dem Schornstein, der schlanke, gemauerte Turm verschwindet durchs Dach ins Freie. Es riecht nach kaltem Rauch und Asche. Unter seinen Füßen gluckst es in den alten Rohren. Er beugt sich über die Truhe wie ein Kind über ein Geschenk. Aber er wird die Truhe nicht öffnen, er hat nicht die Kraft, sich mit den Gegenständen seiner Jugend auseinanderzusetzen, nicht heute nacht.

Außerdem sieht er das Schiff jetzt deutlich vor sich, wie hat er es bloß all die Jahre vergessen können? Es ist nicht seine Idee gewesen, es zu bauen. Xaver zeigte ihm eines Tages die Pläne, an denen er seit Monaten zeichnete. Xaver war es auch, der die meiste Arbeit erledigte. Xaver brauchte keinen Helfer, sondern einen Eingeweihten. Einen, der seinen Traum und seine Begeisterung, diesen Traum zu verwirklichen, mit ihm teilte. Die Baupläne sahen aus wie echte Blaupausen, aber sie hielten sich nicht daran. Sie hielten sich an ihre Phantasie und probierten jede Idee aus, die ihnen gefiel. Sie arbeiteten in seinem Zimmer unter dem Dach, weil Xaver nicht wollte, daß seine Eltern davon erfuhren. Ihr Schiff war über einen Meter lang. Es hatte zwei Ausleger, vier Masten, diverse Aufbauten und ein fragiles Steuerhaus, das an eine Baumhütte erinnerte. Trotz der vielen Ausbuchtungen und Aufsätze wirkte das

Schiff schnittig und elegant. Die Außenseite des Rumpfes hatten sie mit Hunderten von Flaschenscherben in verschiedenen Farben beklebt, damit ihr Schiff das Wasser der Ozeane so widerspiegelt, wie es die Schuppen eines Fisches tun. Das Schiff war verrückt und großartig, es war die Erfüllung eines Traumes. Und genau darum durfte es eigentlich gar nie fertig werden. Sie verpaßten den richtigen Zeitpunkt, um die Arbeit abzuschließen, arbeiteten zu lange an dem Schiff. Sie waren Jungen, die begriffen, daß es wichtig ist, einen Traum zu haben. Aber sie hatten nicht begriffen, daß man diesen Traum zerstören kann, wenn man sich zu lange mit ihm beschäftigt. Irgendwann verloren sie die Lust an ihrem Schiff. Aber natürlich konnten sie sich das nicht eingestehen. Sie bauten noch eine Weile lang weiter, aber sie spürten beide, daß sie anfingen, ihr Schiff zu hassen. Und da sie das nicht wollten, gab es nur eine Möglichkeit, um aus der Sache herauszukommen: Sie mußten einen Streit anfangen, mußten sich verkrachen. Xaver verlangte nur, daß er alle Pläne bekam. Auf das Schiff verzichtete er. Es war beinahe fertig. Was fehlte, waren eine Heckgalerie, ein Focksegel, die Wanten, die Besanschot im Heck sowie das Steuerrad für das Steuerpult auf dem offenen Oberdeck.

Der Wind rüttelt an den Ziegeln, bringt den Metallreiter auf dem Schornstein zum Singen. Der Riemenboden knarrt unter seinen Schritten. Als er auf der Leiter steht, fühlt er sich für einen Augenblick wie damals, als er hinter seinem Vater auf den Dachboden stieg, um nachzusehen, in wie vielen ihrer Fallen Mäuse hockten. Er löscht das Licht und schließt die Luke zum Dachboden. Er legt Xavers Steuerrad in das Holzkästchen zurück und stellt es in den Koffer. Plötzlich erinnert er sich daran, wie eng es in seinem Wandschrank war, wenn er sich vor jemandem versteckte. Eng, unbequem und muffig. Manchmal hockte er stundenlang in dem Schrank, ohne sich zu rühren. Vor wem er sich versteckte, weiß er nicht mehr.

Später zieht er das nächste Klarsichtmäppchen vom Stapel.

DIE BOOTSFAHRT

Der Stuhl, auf dem er saß, stand ausgangs einer Kurve, ich hätte ihn beinahe überfahren. Es gelang mir gerade noch, ihm auszuweichen und anzuhalten. Zuerst blieb ich einen Moment sitzen, starr vor Schreck, dann setzte ich den Mietwagen so weit zurück, daß wir uns gegenübersaßen.

Der Junge hatte ein Pferdegesicht. Er lächelte und entblößte große, gelbe Zähne. Offenbar versuchte er, sich einen Schnurrbart wachsen zu lassen. Wir starrten uns so lange schweigend an, bis ich das Fenster nach unten kurbelte, ich hatte ihn schließlich beinahe überfahren.

»Du bist lebensmüde«, stellte ich fest, wobei ich mir alle Mühe gab, ruhig zu bleiben.

»Sie sollten langsamer fahren«, sagte er, immer noch lächelnd.

»Wie bitte?«

Jetzt wurde ich doch laut. Meine Stimme kippte, und ich täuschte einen Hustenanfall vor.

»Eile hilft nichts«, sagte er, »zur rechten Zeit losfahren, das ist es.«

Wir starrten uns weiterhin an. Er hatte eine Ledermütze auf dem Kopf, sein Overall hatte einen Riß auf der Schulter, aus dem wie bei einem kaputten Teddy das Futter herausquoll.

»Und was machst du hier? Mitten auf der Straße?«

»Am Rand der Straße, nicht mitten auf der Straße.«

»Und was machst du am Rand der Straße?«

»Ich warte.«

»Warten? Worauf denn warten?«

»Auf einen, der mich mitnimmt«, sagte er und spuckte auf die Straße.

»Nachdem er dich überfahren hat oder was? Der dich in die Leichenhalle bringt? Wohin willst du überhaupt?«

»Ich wette, Sie haben Probleme mit dem Linksverkehr«, sagte er und sah mich herausfordernd an, »wohin fahren Sie denn?«

»Nach Ballinaha«, sagte ich und drehte die Scheibe nach oben.

»Ihr Englisch ist gar nicht schlecht«, sagte der Junge. Er lachte, stand auf, klappte den Stuhl zusammen und lehnte ihn an die Hecke. Dann öffnete er die hintere Tür und stieg ein.

»Sie werden sich verfahren«, sagte er, »es ist besser, wenn ich Ihnen den Weg zeige.«

»Ich kenne den Weg nach Ballinaha«, sagte ich.

»Aber nicht den richtigen. Fahren Sie los.«

Der Himmel hatte aufgeklart, und der Nebel war aus dem Tal in die Berge hochgestiegen. Die Straße, in die mich der Junge nach wenigen hundert Metern dirigierte, war schmal und unbefestigt. Beidseits standen mannshohe, ungeschnittene Hecken.

»Ich lese alles«, sagte der Junge.

Ich sah mich nach ihm um. Er hatte das Buch in der Hand, das meine Frau zur Zeit las.

»Wie alle Iren«, sagte ich.

»Alles außer Bücher«, sagte er, »Reklametafeln. Gebrauchsanleitungen. Prospekte. Inserate. Speisekarten.«

»Und warum keine Bücher?«

Er legte den Roman auf den Vordersitz neben mir. Seine Hände waren schmutzig, seine Fingernägel abgekaut.

»Warum, warum, warum?« höhnte er, kurbelte das Fenster nach unten und spuckte in den Fahrtwind, »weil es ungesund ist. Darum.«

Ich verzichtete darauf, ihn zu fragen, was denn nun ungesund sei: Bücher zu lesen oder aus fahrenden Autos zu spucken.

»Meine Mutter hat Bücher gelesen«, sagte er.

»Wunderbar«, sagte ich; es fiel mir nichts anderes ein.

»Meine Mutter ist tot«, sagte er.

Meine Frau war im B&B in Dingle zurückgeblieben. Ich stellte mir vor, wie sie bei geschlossenen Gardinen in unserem Zimmer lag. Dabei war die Aussicht aus dem Fenster atemberaubend. Das Haus stand am Saum eines Hügels am Rand der Ortschaft, und man sah über das Hafenbecken und das offene Meer. Ich hoffte, daß meine Frau unseren Streit bereute. Heute vor zwei Jahren war unsere Tochter gestorben. Sie war ertrunken, bevor sie gelernt hatte, ihren eigenen Namen richtig auszusprechen. Sie konnte kaum gehen und nannte mich ›Pamp‹, wenn ich aus dem Büro nach Hause kam und sie hochhob, um in ihren Augen nach meiner eigenen Kindheit zu suchen.

»Was riecht hier eigentlich nach Benzin?« fragte ich.

»Ich«, sagte der Junge, »was dagegen, wenn ich rauche?«

»Warum riecht jemand nach Benzin?«

»Weil ich mit Motoren arbeite. Darum. Traktoren. Autos. Boote. Was dagegen, wenn ich rauche?«

Ich schüttelte den Kopf, aber der Junge hatte offenbar keine Zigaretten bei sich; er durchsuchte die Taschen seines Overalls zweimal, dabei sah ich ihm an, daß er genau wußte, daß er nichts finden würde.

»Ich hab's aufgegeben«, sagte ich, »vor zwei Wochen.«

»Und was wollen Sie in Ballineanig?«

»Ich will nicht nach Ballineanig!«

»Es führen verschiedene Wege nach Ballinaha«, sagte er, »haben Sie nicht irgendwo einen kleinen Vorrat angelegt? Für Notfälle? Falls Sie's nicht mehr aushalten sollten?«

»Was für einen Vorrat?« fragte ich.

»Zigaretten, Mann!«

Ich schüttelte den Kopf. Ich wollte nach Ballinaha, weil dort eine Telefonzelle stand. Ich hatte Sehnsucht nach der Stimme meiner Freundin. Und ich hoffte, daß sie ungeduldig auf einen Anruf von mir wartete. Ich hatte das Paket mit den letzten fünf Zigaretten in einen Lappen gewickelt und im Handschuhfach hinter der Gebrauchsanleitung für den Mietwagen versteckt. Meine Frau hatte keine Ahnung davon.

Die Straße führte über den Kamm eines Hügels. In den Wiesen lagen Felsblöcke, hinter denen Schafe Schutz vor dem Wind fanden. Ich hatte den Todestag unserer Tochter vergessen, dabei hatte ich in den letzten zwei Wochen immer wieder daran gedacht. Während des Lunches in einem Pub am Hafen hatte mich meine Frau mit vorwurfsvoller Stimme an das Datum erinnert.

»Du hast es vergessen«, sagte sie, ich hatte mir eben das letzte Stück des Steaks in den Mund geschoben.

»Ich habe was?« fragte ich mit vollem Mund und wußte im selben Augenblick, wovon sie redete.

»Du bist ein Ungeheuer«, hatte meine Frau leise gesagt.

»Und du hast Sauce an der Lippe«, gab ich, ohne nachzudenken, zurück.

Meine Frau hatte ihr Besteck auf den Tisch gelegt und mich fassungslos angestarrt. Dann hatte sie mir mit der flachen Hand ins Gesicht geschlagen und den Pub verlassen. Selbstverständlich hätte ich ihr sofort nachgehen sollen. Aber ich blieb sitzen und bestellte ein Guinness. Als ich endlich in das

Zimmer unseres B&B's zurückkam, lag meine Frau weinend im Bett. Ich setzte mich ans Fußende, ohne ein Wort zu sagen. Meine Hand, ich legte sie zaghaft auf ihre Hüfte, schüttelte sie ab.

»Untersteh dich, mich anzufassen«, schrie sie und trat nach mir.

»Ich habe es nicht vergessen«, sagte ich.

»Lügner.«

»Ich habe es verdrängt«, sagte ich, »nicht vergessen.«

»Du bist schuld«, sagte sie und setzte sich auf.

»Das ist ein Unterschied«, sagte ich.

Auf ihrer Stirn stand Schweiß. Ihr Gesicht war rot und verquollen.

»Typisch«, sagte sie, aber sie erklärte mir nicht, was sie typisch fand.

»Wenn das Telefon nicht geklingelt hätte«, sagte ich, brach den Satz aber ab. Meine Frau wußte genau, was ich sagen wollte.

»Das Telefon hat aber geklingelt«, sagte sie herrisch.

»Außerdem war der Anruf nicht für mich«, sagte ich, »sondern für dich. Und außerdem hättest du auch abgehoben.«

Wir kannten diesen Dialog in- und auswendig. Und eigentlich hatten wir längst genug davon. Als ich nach ihr griff, sprang sie vom Bett und nahm den gläsernen Aschenbecher in die Hand und hob ihn hoch. Ich wußte, daß sie Angst davor hatte, das Falsche zu tun. Wenn ich nicht sofort aufstand und das Zimmer verließ, mußte sie mir den Aschenbecher an den Kopf werfen. Also war ich gegangen, hatte mich in das Auto gesetzt und war losgefahren.

»Ist das ein japanisches Auto?« fragte der Junge.

Er lehnte sich nach vorn, sein Gesicht war dicht neben meinem. Er roch nicht nur nach Benzin, sondern auch nach Schafen.

»Ist das ein japanisches Auto?« wiederholte er.

»Das ist ein Mietwagen«, sagte ich.

»Ein japanischer Mietwagen«, stellte er fest und ließ sich zurücksinken. Im Rückspiegel sah ich, daß er mich aufmerksam musterte. Ich nickte.

»Japanische Autos sind scheiße«, sagte er.

Meine Frau beschwerte sich jeden Tag mehrmals über das schlechte Wetter. Sie haßte auch das irische Essen, das irische Bier und die Musik, die das Radio seit unserer Ankunft ununterbrochen spielte. »Hippie-Kacke« nannte meine Frau diese Musik. Mittlerweile verzichtete ich darauf, sie zu korrigieren. Wenn ich das Autoradio abschaltete, drehte sie es sofort wieder an.

»Nach Ballinaha würde ich nicht fahren«, sagte der Junge.

Ich machte ihm nicht die Freude, nach dem Grund zu fragen. Ich wollte gar nicht mehr nach Ballinaha. Ich würde meine Freundin ohnehin nicht anrufen. Nicht am Todestag meiner Tochter.

»Ich würde eine Bootsfahrt machen«, sagte er.

Hinter einem Hain verkrüppelter Nadelbäume war jetzt das Meer zu sehen. Durch die aufgerissene Wolkendecke fielen Lichtbahnen auf das Wasser. In den Bergen regnete es wohl bereits wieder. Über der Straße stand eine einzelne Wolke, die aussah wie die aufgeblähte Hülle eines Fesselballons.

»Eine Bootsfahrt«, sagte er noch einmal.

»Ich bin Nichtschwimmer«, sagte ich.

»Nicht schwimmen. Mit einem Boot fahren.«

»Ich bin noch nie gesegelt«, sagte ich.

»Es ist ein Motorboot«, sagte er.

»Und wo steht der Prachtkahn?«

»Das werden Sie gleich sehen«, sagte er und legte mir die Hand auf die Schulter.

Die Hand war schwer und warm. Ich hätte ihn fast gebeten, sie liegenzulassen. Aber er zog sie nach wenigen Augenblicken zurück. Neben der Straße stand das Chassis eines ausgeschlachteten Lieferwagens. Vor wenigen Tagen hatte meine Frau vorgeschlagen, wir könnten eine Bootsfahrt unternehmen. Es war nicht einfach gewesen, ihr die Idee auszureden.

»Zwanzig Pfund«, sagte der Junge.

Ich nickte. Ich wußte nicht einmal, wie er hieß. Er mochte siebzehn oder achtzehn sein. Ich stellte mir vor, daß meine Frau eine Flasche Wein gekauft hatte und nun am Fenster unseres Zimmers saß, trank und in die verregnete Landschaft hinaussah. Aber dann wurde mir bewußt, daß diese Vorstellung dem entsprach, wie ich mit der Situation umgegangen wäre. Meine Frau lag bestimmt im Bett und weinte, wobei sie Selinas Strampelanzug in der Hand hielt. Sie nahm diesen Anzug auf jede unserer Reisen mit, obwohl ich ihr gesagt hatte, daß mich der Anblick traurig machte und mit Schuldgefühlen erfüllte.

Die Straße endete vor einem Gitterzaun, und ich drehte mich um. Den Motor ließ ich laufen. Wind trieb Regenfahnen über die Wiesen. Tropfen klopften über das Dach des Mietwagens. Eine Weile blieben wir schweigend sitzen, und ich vermutete, daß auch der Junge dem Klopfen zuhörte. Hinter dem Zaun führte eine Karrenspur durch die Wiese, welche in eine Bucht mündete. Dort stand eine Hütte zwischen Felsen. Daneben führte ein Holzsteg aufs Wasser hinaus.

»Zwanzig Pfund«, sagte der Junge.

»In Ordnung«, sagte ich, und wir gaben uns die Hand.

Er stieg aus und öffnete das Tor im Zaun. Als er wieder einstieg, setzte er sich neben mich. Der Boden des Autos schlug mehrmals auf Steinen oder Erdwällen auf, aber ich fuhr weiter, ohne das Tempo zu verringern. Der Bootsschuppen, vor dem wir anhielten, war mit Stroh gedeckt.

»Ich heiße übrigens Aidan Brennan«, sagte der Junge.

Nachdem ich mich ebenfalls vorgestellt hatte, stiegen wir aus. Der Wind war kalt und trug den Geruch der See übers Land. Am Ende des Steges war ein blaues Motorboot vertäut, das mit einer Plane abgedeckt war. Den Namen, der auf den Rumpf gepinselt war, konnte ich nicht entziffern. Auf den Ufersteinen lagen Algenknäuel und Treibholz, Schlick.

An der Dachtraufe des Schuppens hing ein Windspiel aus Muscheln, das leise klingelte. Die Muscheln waren von der Sonne ausgebleicht und unterschiedlich in Größe, Farbe und Form. Das Geräusch trieb mir Tränen in die Augen, und ich trat rasch hinter den Schuppen, wo ich tat, als müsse ich Wasser lassen. Es nieselte nun sanft. Dankbar hob ich mein Gesicht in die Tropfen und hörte Aidan Brennan im Innern des Schuppens fluchen.

Ich erwachte, weil mir kalt war. Es war uns nicht gelungen, ein Feuer zu machen. Die Handvoll Holz, die wir in der Dunkelheit gefunden hatten, war feucht gewesen. Die Steinhütte, in der wir lagen, bot kaum Schutz gegen die Kälte und den Regen. Das Dach und eine der Mauern waren teilweise eingestürzt, zudem war die Holztür aus den Angeln gebrochen und zerschlagen worden.

Die Hütte stand am Fuß des Berges, der dicht bewaldet und so dunkel war, daß sich die Wolken, die über die Insel zogen, hell dagegen abhoben und aussahen wie in Mondlicht getaucht. Dabei war die Nacht mondlos und der Himmel ohne einen Stern. Meine Glieder waren steif. Der Regen trommelte auf die Plastikbahn, die wir zwischen die zerbrochenen Dachsparren gehängt hatten.

»Morgen mache ich Ihnen ein Frühstück, das sich gewaschen hat«, sagte Aidan.

Ich hatte angenommen, er schlafe.

»Drei Spiegeleier«, sagte ich.

»Speck«, sagte er, »und eine Riesenkanne Tee.«

»Kaffee. Ich will Kaffee«, sagte ich, »und weiße Bohnen.«

»Und Porridge.«

Wir hatten uns die Wolldecke und die Regenjacke aus seinem Boot über die Schultern gelegt und in die hinterste Ecke der Hütte verkrochen. Als Schutz gegen die Kälte trugen wir die Schwimmwesten, obwohl sie uns beim Sprechen und sogar beim Atmen störten. Wenn wir uns bewegten, knarrten die Westen. Wir sahen aus wie Michelin-Männchen. Es blieben uns nur noch acht Zigaretten. Wenn wir ein Streichholz anrissen, wurde die Hütte in ein gelbes warmes Licht getaucht. Dann sahen wir das Holz, das wir aufgeschichtet hatten und das nicht brennen wollte. An der einen Wand lehnten Teile einer Maschine. Erloschen die Streichhölzer, sahen die Teile aus wie ein Galgen. Ängstigte mich diese Assoziation, erinnerten mich die Teile an ein Kreuz. Ich hatte es aufgegeben, darüber nachzudenken, zu was für einer Maschine die verrosteten Teile gehörten.

Während der Bootsfahrt hatte Aidan eine Zigarette nach der anderen geraucht. Er hatte drei Schachteln im Boot versteckt, die er mir irgendwann gezeigt hatte. Nachdem es uns gelungen war, die gefährliche Einfahrt zu passieren und an der Anlegestelle der Insel festzumachen, hatte ich meine erste Zigarette seit fünf Tagen geraucht.

Bis vor kurzem hatte ich mich geweigert, mich mit Aidan zu unterhalten. Ich war wütend auf ihn und strafte ihn mit Verachtung. Aber dann mußte ich mir eingestehen, daß ich nicht auf ihn, sondern auf mich selbst wütend war, weil es mir nicht gelang, die Gedanken an Selina zu verdrängen. Während der Bootsfahrt hatte ich sie vergessen gehabt. Der Sturm und der

Motorschaden hatten mir nicht die Möglichkeit gelassen, an meine Tochter zu denken.

Aber wenn ich jetzt, in der Dunkelheit der zerfallenen Steinhütte, die Augen schloß, sah ich sie vor mir. Sah, wie sie mit ausgebreiteten Ärmchen und mit dem Gesicht nach unten in dem Plastikbottich trieb, den ich mit dem Gartenschlauch gefüllt hatte. Das Wasser war von der Augustsonne innerhalb kürzester Zeit so aufgeheizt geworden, daß es für Selina sein mußte, als sitze sie in der Badewanne. Das Wasser reichte ihr bis knapp über die Knie. Als das Telefon klingelte, blieb ich vorerst neben dem Bottich sitzen, aber nach dem vierzehnten Läuten, ich hatte mitgezählt, hob ich Selina aus dem Wasser und lief ins Haus.

Als ich zurückkam, war unsere Tochter bereits tot. Ihr langes blondes Haar lag aufgefächert auf der Wasseroberfläche. Ihre rechte Hand war offen, die linke hatte sie zur Faust geballt.

Seit wir auf der Insel waren, hatte Aidan pausenlos geredet. Er hatte ein schlechtes Gewissen, und er wollte mich beruhigen. Er hatte geredet und geredet, und irgendwann hatte ich ihm tatsächlich zugehört. Er erzählte von der einzigen Reise, die er in seinem Leben bisher unternommen hatte: Er hatte seine Schwester besucht, die in der Nähe von Boston lebte und mit einem Schwarzen verheiratet war. Er beschrieb mir die Landschaft der amerikanischen Ostküste, das Haus seiner Schwester und was er in Boston alles besichtigt hatte. Ich hatte sogar zugehört, als er mir den ersten Flug seines Lebens in allen Einzelheiten beschrieb, weil es mich ablenkte. Danach hatte er von seiner Arbeit an der Tankstelle in Dingle erzählt, die er vor acht Wochen verloren hatte. Seither saß Aidan jeden Tag mit seinem Klappstuhl auf der Straße, weil er hoffte, von jemandem mitgenommen zu werden. Von jemandem, der ihn beinahe überfahren hatte und sich deswegen verpflichtet fühlte, ihm einen Gefallen zu tun.

Vor der Hütte versperrten ein paar Bäume die Sicht aufs Meer. Die Nacht war allerdings so finster, daß es ohnehin nicht möglich war, die Lichter an der Küste des Festlandes zu erkennen. Ich dachte an meine Frau, nicht an meine Freundin. Und ich dachte an Selina. An ihren Geruch und ihre Haut, die ich so gerne geküßt und angefaßt hatte. Meine Frau würde sich Sorgen machen und wahrscheinlich auch Vorwürfe.

Es war drei Uhr und sinnlos, wieder einschlafen zu wollen. Ich war hungrig und durstig, und mir war kalt. Wir hatten versucht, einige der Schafe, die auf der Insel weideten, in die Hütte zu treiben. Aber sie waren blökend in die Dunkelheit geflüchtet. Aidan hatte mir die Insel beschrieben: Sie lag zehn Meilen vom Festland entfernt und war, abgesehen von den Schafen, unbewohnt. Zwei- oder dreimal die Woche kamen Bauern auf die Insel, um nach ihren Tieren zu sehen. Außerdem gab es an der Südseite einen Sandstrand, der bei den Touristen sehr beliebt war. Man würde uns also bald finden.

»Wir hatten gar keinen Motorschaden«, sagte Aidan.

»Sondern kein Benzin mehr«, fuhr ich fort.

»Sondern kein Benzin mehr«, gab er zu.

Wir waren ziemlich lange der Küste entlanggefahren. Als Aidan sein Boot dann ins offene Meer hinausgesteuert hatte, mußte ich feststellen, daß die See nicht so ruhig war, wie ich gehofft hatte. Die Schraube geriet immer wieder aus dem Wasser, und der Motor jammerte hochtourig auf und klang, als sei er übel gelaunt und habe keine Lust, das schwere Boot und die beiden Passagiere durch den Seegang zu bewegen. Aidan hatte begeistert gebrüllt und bloß gelacht, als ich ihn bat, den Motor etwas zu drosseln. Ich hätte nie zugegeben, daß ich mich fürchtete, aber das tat ich. Die rauhen Wellen gingen über in eine rollende Dünung, nun befanden wir uns in tiefem Gewässer, wie mir Aidan erklärt hatte. Die See wogte in einem Rhythmus, den man nur dann als schläfrig bezeichnen konnte, wenn man keine Angst hatte. Das vordere Drittel des Bootes war mit Brettern verkleidet; ich hatte meine Beine in den darunter entstandenen Stauraum gezwängt und Gesicht und Oberkörper vor der Gischt geschützt, die über den Bug sprühte. Im Wasser schienen sich, tief unter uns, Wolken auszubreiten, als habe dort jemand ein großes Tintenfaß ausgekippt. In diesen tiefen Schichten sah es aus, als drehe sich das Wasser um sich selbst und wälze sich fortwährend um. Es hatte lange gedauert, bis ich begriff, daß es darum ging, den eigenen Atem und jede Bewegung dem Tempo des Meeres anzupassen. Als mir das endlich gelungen war und mir das Auf und Ab nichts mehr anhaben konnte, war ein Wind aufgekommen, der offensichtlich auch Aidan beunruhigte. Er hatte endlich aufgehört, vor Begeisterung zu brüllen, und sich nervös umgesehen, als sei jemand in der Nähe, der ihm zeigen konnte, wie er sich zu verhalten habe. Aber der einzige, der in seiner Nähe war, war natürlich ich. Trotz des Windes hatte Aidan noch mindestens zehn Minuten aufs offene Meer zugehalten, ohne auch nur die Geschwindigkeit zu verringern. Dann hatte die Dämmerung eingesetzt. Schlagartig war das Wasser schwarz geworden.

»Weiter fahr ich nicht«, hatte Aidan geschrien, »außer Sie legen noch einmal zehn Pfund drauf.«

Kaum hatte er den Satz ausgesprochen und das Boot gewendet, begann der Motor zu stottern und blieb stehen. Auch wenn mir eines der Ruder nicht aus der Hand geglitten und im Wasser verschwunden wäre, hätten wir es niemals bis zum Festland geschafft. Das gab Aidan zu, ohne mit der Wimper zu zucken. Unsere Rettung war die Insel, die wir kurz zuvor im Abstand weniger hundert Meter passiert hatten. Mein Vorschlag, wir sollten uns einfach treiben lassen, war dumm, das sah ich ein. Hätten wir das getan, hätte uns die Strömung in die offene See hinausgetragen. Nur mit letzter Kraft gelang es uns, das Boot mit dem einen Ruder in die Nähe der Insel zu bringen, wo wir nach langem Kampf gegen die Wellen in die Fahrrinne hinter der Brandungslinie und damit in die geschützte Anlegebucht der Insel gerieten.

Der Regen ließ nach, ganz in der Nähe blökten Schafe. Der Wind zerrte an der Plastikbahn über uns und ließ die Maschinenteile knarren.

»Haben Sie schon einmal daran gedacht, etwas wirklich Furchtbares zu tun?« fragte mich der Junge.

Ich schüttelte den Kopf.

»Etwas Kriminelles. Etwas, das allen anderen klarmacht, wie es einem wirklich geht. Ein Blutbad, ein Massaker. Etwas Großes, das garantiert niemand übersehen kann. Für das es keine Ausreden gibt.«

»Daran gedacht hab ich nie, nein«, sagte ich, »es ist einfach geschehen, ohne daß ich es wollte. Ich habe etwas Schreckliches getan. Etwas wirklich Furchtbares.«

»Und«, fragte er, »hat es Ihnen etwas genützt?«

Im ersten Moment dachte ich daran, ihn zu schlagen. Aber dann blieb ich einfach wortlos sitzen, bis sich meine Wut gelegt hatte. Ich hatte Selina aus dem Wasser gehoben und ins Haus getragen. Die Ärztin, die eine halbe Stunde später ihren Tod feststellte, hatte mir versichert, daß es auch nichts geändert hätte, wenn ich Selina gleich auf dem Rasen beatmet hätte. Die Sekunden, die ich verlor, um mit ihr in die Küche zu laufen, wo ich Teller, Tassen und Gläser vom Tisch fegte, um sie hinlegen zu können, waren nicht entscheidend gewesen.

Entscheidend war einzig und allein die Tatsache gewesen, daß ich meine Tochter im Garten zurückgelassen hatte.

»Wie alt sind Sie eigentlich?« fragte der Junge.

»Und du?« gab ich zurück.

»Ich hab zuerst gefragt.«

»Ich werde bald vierzig«, sagte ich und sah ihn an.

»Das ist alt genug«, sagte er rasch, als habe er diesen Satz seit langer Zeit im Kopf und müsse ihn nun endlich loswerden.

»Alt genug wofür?«

»Um zu wissen, wie das Leben geht«, sagte er, »ich bin übrigens sechzehn.«

Kurz darauf schlief er ein. Sein Kopf sank an meine Schulter, und sein Atem wurde langsam und regelmäßig. Sein Kopf war so leicht, wie sich der Kopf von Selina an meiner Schulter angefühlt hatte. Ein Federgewicht, das mir die Gewißheit gegeben hatte, ihr Beschützer sein zu können. Für einen Augenblick lang setzte mein Herzschlag aus, und ich hatte die unangenehme Empfindung, durch mich selbst hindurchzufallen, genau wie der Sand einer Sanduhr. Gleichzeitig wußte ich, daß ich der einzige war, der etwas gegen diesen Zustand tun konnte. Also stand ich auf, lehnte den schlafenden Aidan an die Wand und trat ins Freie.

Mittlerweile war es vier Uhr.

Hatte mir der Tod meiner Tochter etwas genützt, hatte ich etwas daraus gelernt? Jetzt waren die Berge der Küste als undeutlicher Horizont auszumachen. Ich zählte zwei Lichter auf dem Festland, ansonsten waren die Höfe und Dörfer dunkel. Der Wind hatte sich gelegt, und auch der Regen hatte aufgehört.

Ich ging ein paar Schritt in Richtung des Ufers, stolperte, fiel hin und rollte die Böschung hinunter.

Als ich wieder zu mir kam, lag ich auf den Ufersteinen. Es

dämmerte. Selinas Oberkörper hatte sich mit jedem Atemzug, den ich verzweifelt in sie hineingepreßt hatte, gehoben. Das Geräusch meines eigenen Atems, der nach wenigen Sekunden wieder aus dem leblosen Mund meiner Tochter entwichen war, hatte mich dazu angehalten, weiterzumachen. Immer weiterzumachen und nicht aufzugeben.

Es lag in meiner Hand, Selina ins Leben zurückzuholen. Der Erste-Hilfe-Kurs, den ich besucht hatte, war Jahre her, und doch erinnerte ich mich an die nötigen Schritte und ihre richtige Reihenfolge, ohne darüber nachzudenken. Dein Atem kann keinen Schaden anrichten. Dein Atem ist es, der deine Tochter retten kann. Es sind nicht die Worte, die du ausstößt. Es ist dein Atem und der Sauerstoff für ihr Blut, ihr Hirn. Dabei hatte ich gewußt, daß es sinnlos war, was ich tat. Ich beatmete Selina bestimmt zwanzig Minuten lang, unterbrochen nur durch die Zeit, die ich benötigte, um die Ambulanz zu alarmieren. Und auch als das Notfallteam in die Küche stürmte, hörte ich nicht damit auf. Die Ärztin hatte mich mit Gewalt von Selina wegziehen müssen.

»Sie können nichts mehr für sie tun«, hatte sie gesagt.

Ich hatte die Sanitäter angeschrien und vom Küchentisch weggezerrt. Ich verbot ihnen, Selina anzurühren. Ich wollte sie selbst aus dem Haus und zur Ambulanz tragen. Meine Frau war in dem Moment von ihrer Arbeit zurückgekommen, als ich mit unserer toten Tochter auf dem Arm durch den Garten ging.

Ich blieb reglos liegen, die rechte Hand im kalten Wasser.

Nach einer Weile hörte ich Schritte und sah Aidan auf dem Treidelpfad auftauchen, der in die Bucht führte, in der ich lag. Mir war so kalt, daß es mich regelrecht schüttelte.

»Mr. Thomas«, schrie Aidan, »wo bist du?«

Seine Stimme kam als Echo zurück, und es klang, als wäre

er nicht alleine. Als wären es mehrere Jungen, die nach mir rie-
fen. Steine kullerten den Abhang hinunter.

Ich blieb liegen, bis es wieder still war und ich nichts mehr
hören konnte als meinen eigenen Atem, die Geräusche des
Meeres und Aidan, der leise pfiff, weil er sich fürchtete und
ungeduldig auf meine Antwort wartete.

Er lässt sein Auto bis vor das Tor zur Straße rollen. Regen trommelt auf Dach und Motorhaube, Blitze erhellen den Himmel, als würden große Fotoapparate Aufnahmen von der Landschaft machen. Das Unwetter ist weit entfernt, denn das Donnern folgt erst lange nach den Blitzen. Obwohl er raucht, öffnet er das Fenster nicht. Er will nicht, daß sein Vater die Musik hört. Wind rüttelt an der Karosserie, Äste kratzen über die rechte Wagenseite, kleine steife Blätter. In wenigen Stunden wird es hell. Wie lange ist es her, daß er die ganze Nacht wachgeblieben ist? Seine Müdigkeit ist verflogen. Da er den Kassettenrekorder nicht finden kann, ohne daß sein Vater erwacht, hat er sich entschlossen, sich Xavers Kassette im Auto anzuhören. Hier wird er auch die nächste Geschichte lesen. Xaver ist ihm ein Rätsel, ist ihm fremder, als er erwartet hat.

Eigentlich macht er sich nichts aus Geschichten.

Die Kassette rauscht, knistert. Ist sie wirklich unbespielt? Er weiß, daß er sich beide Seiten anhören muß, selbst wenn er damit nur Xavers Erwartungen erfüllt. Der Regen läßt nach, bald sind es nur noch einzelne Tropfen, die auf das Dach klopfen. Er ist Xaver auf den Leim gegangen. Es dauert mehrere Minuten, bis es knackt und endlich Musik ertönt.

Er kennt den Song, kennt ihn immer noch auswendig, die erste Single, die er sich gekauft hat. Sie sind mit den Fahrrädern

156

über den Hügel in den Nachbarort gefahren, weil das Elektrofachgeschäft eine Schallplattenabteilung hat. ›Who'll Stop The Rain.‹ Creedence Clearwater Revival. Er spricht den Bandnamen mehrmals laut aus, erinnert sich an den Zauber der Abkürzung: CCR. CCR. CCR. Der Song dauert keine drei Minuten, auch das weiß er noch. Danach ist nichts als ein verschämtes Rauschen auf der Kassette. Wenn er sich bewegt, knarzt das Polster des Sessels. Er starrt in die Nacht und sieht sich und Xaver an der Kasse des Elektrofachgeschäftes stehen. Sie haben sich geeinigt, daß er das einzige Exemplar der CCR-Single nur kaufen darf, wenn er sie für Xaver aufnimmt. Das Licht fällt als breite Bahn über den Teppichboden des Geschäftes. Sie stehen so dicht nebeneinander, daß sich ihre Unterarme berühren. Xaver streckt die Single mit beiden Händen über die Theke, der Verkäufer schüttelt mißbilligend den Kopf, als er die Musiker auf dem Cover sieht. Zuerst klemmen sie die Schallplatte auf dem Gepäckträger von Xavers Fahrrad fest, aber das zerdrückt die Hülle. Die Speichen ihrer Räder sirren, sie sind der Heuschreckenschwarm, der Angst und Schrecken über den Landstrich bringt. Xaver fährt einhändig, weil er in der anderen die Schallplatte hält. Als die Straße zu steil wird, steckt er sich die Single in den Mund, damit er sich aus dem Sattel erheben kann. Er schnaubt wie ein Pferd, die Anstrengung treibt ihm das Blut in den Kopf, er fällt zurück, immer weiter zurück, die Platte zwischen den Zähnen, aber er gibt nicht auf, niemals, tritt verzweifelt in die Pedale, bis auch ihn der Wald verschluckt.

Er stößt die Autotür auf und geht ein paar Schritt. Es riecht nach nasser Erde, nassem Gras. Der Asphalt dampft. Das Fenster seines Vaters ist dunkel. Er weiß noch, wie er auf dem Rücksitz des Autos seiner Eltern eingeschlafen ist, wenn sie den Bruder seiner Mutter besucht hatten und nachts nach

Hause fuhren. Die Lichter der Straßenlampen rauschten vor seinen Augen vorbei, und bald wiegten ihn das Flüstern seiner Eltern und das Geräusch des Motors in den Schlaf. Wenn er wieder zu sich kam, lag er bereits in den Armen seines Vaters, der ihn vom Rücksitz hob und über die Einfahrt auf ihr dunkles Haus zutrug.

Schließlich setzt er sich zurück in sein Auto und liest weiter, das Rauschen der Kassette im Ohr.

Ich bin jung, erfolgreich und attraktiv.

Und trotzdem bin ich einsam, denn die wenigsten Männer sind meiner Phantasie gewachsen. Meine Vorstellungskraft ängstigt sie, treibt sie in die Flucht. Deshalb fiel mir die Anzeige sofort auf, als ich die Zeitung aufschlug. Das Wort ›Phantasie‹ sprang mich regelrecht an. Ich faltete die Zeitung zusammen und nahm ein Schaumbad. Danach telefonierte ich mit meiner Mutter. Ihre aufgekratzte Stimme und ihre Angewohnheit, mit jeder Frage einen Appell an mich zu richten, bestärkten mich, das richtige Leben zu führen. Ich sah sie vor mir, während ich ihr zuhörte, sah sie im Flur ihrer Wohnung am Rand von London sitzen, geschminkt und frisiert und voller Tatendrang. Im Hintergrund kreischte ihr Papagei. Nach dem Telefongespräch trat ich auf die Dachterrasse meines Appartements, sah über die Bäume des Kensington Gardens in den leeren Himmel und schöpfte so lange frische Luft, bis ich bereit war, die drei Zeilen erneut zu lesen:

Mann sucht Frau ohne Scham, welche willens ist, die Hauptrolle in seiner Phantasie zu verkörpern. Angemessenes Honorar. Diskretion.

Ich schnitt die Anzeige aus und legte sie neben das Telefon. Die Unruhe, in die mich die Zeilen versetzten, gefiel mir. Ich wollte ihr nicht nachgeben, noch nicht. Und darum wählte ich die angegebene Telefonnummer, die ich mittlerweile auswendig kannte, erst am nächsten Tag. Schon nach dem zweiten Klingeln wurde abgehoben. Zuerst hörte ich nichts als klassische Musik, sehr leise und wie aus weiter Ferne, sowie verhaltenes Atmen. Schließlich meldete sich ein Mann, ohne seinen Namen zu nennen. Seine Stimme war sanft und leise. Fast klang es, als flüstere er. Ich erklärte ihm, daß ich wegen der Anzeige anrufe, trotzdem wollte er weder meinen Namen noch mein Alter erfahren. Dafür bat er mich, sofort bei ihm vorbeizukommen.

»Nehmen Sie sich ein Taxi«, sagte er, »natürlich auf meine Rechnung. Ashlone Road 25. Das gelbe Haus mit Garten.«

»Ashlone Road? Wo ist das?«

»Putney. Aber lassen Sie das die Sorge des Taxifahrers sein. Er wird mich bestimmt finden, denken Sie nicht auch? Und bitten tragen Sie nichts, was meine Vorstellungskraft über die Maßen anregen könnte, ja? Sind Sie neugierig?«

»Ja«, sagte ich, »ich bin neugierig.«

»Gut. Das wird Ihnen helfen. Und mir auch. Machen Sie sich etwas aus Pflanzen?«

»Pflanzen? Nicht wirklich, nein. Blumen. Ich mag Blumen.«

»Das ist schade«, sagte er und gluckste verschämt.

Dann legte er auf, ohne sich zu verabschieden. Ich versuchte nicht, mir den Mann aufgrund seiner Stimme vorzustellen. Er hatte mehrmals gehüstelt und das S sehr weich ausgesprochen. Zuerst nahm ich mir vor, mich nicht an seine Anweisung zu halten, und zog ein enges Stretchkleid und Schuhe mit Absätzen an. Doch dann entschied ich mich, ein Männerhemd, Jeans, Wollsocken und Turnschuhe zu tragen.

Der Himmel war blaß, die Luft zitterte wie die Oberfläche eines Sees. Ich ging bis zur Ecke Notting Hill Gate – Kensington, wo ich mich in einem Café neben der Tube-Station ans Fenster setzte und eine latte macchiato bestellte. Das Gedränge auf dem Gehsteig machte mich allerdings so nervös, daß ich mich bald an die Bar setzte. Besessen von der Idee, daß es wichtig war, mich an jedes Wort erinnern zu können, ging ich den Dialog mit dem Fremden in Gedanken noch einmal durch. Hatte er gelispelt? Oder bloß das S so weich ausgesprochen, daß es wie ein leichter Sprachfehler klang? Ich trank aus und lief genau in dem Moment auf den Gehsteig, als eine Menschenmenge aus der Tube-Station ins Freie strömte und mich ein Stück weit mit sich forttrug. Für Mitte Januar war es viel zu warm. Die Straßen glänzten, als seien sie naß.

Der Taxifahrer nickte unmerklich, als ich ihm die Adresse nannte. Gerne hätte ich ihm erklärt, daß die Straße in Putney lag, aber er fuhr sofort los und fädelte sich in den dichten Verkehr ein. Am Earls Court standen wir im Stau, das beruhigte mich. Der Mann würde mich ungeduldig erwarten. Ich war bereits Teil seiner Phantasie, er wußte nichts von mir, gar nichts. Die Tatsache, daß ich von ihm ebenfalls nichts wußte, verdrängte ich. Vieles, was wir tun, tun wir aus Angst. Allerdings wird uns das erst später bewußt, wenn wir uns in Sicherheit wähnen. Auf der Putney Bridge löste sich der Verkehr auf, das Wasser der Themse war schilfgrün, wie ich es sonst nur aus dem Sommer kenne. Im Taxi roch es nach Rosen. Als wir in die Ashlone Road einbogen, bat ich den Fahrer, anzuhalten. Das letzte Stück wollte ich zu Fuß gehen. Die Straße war ruhig und menschenleer. In den kahlen Ästen saßen Vögel, die mir zusahen, wie ich auf das gelbe Gebäude zuging, das die Häuserzeile unterbrach, weil es, umgeben von einem schmalen Garten, frei stand.

Von der Straße aus wirkte das Haus vornehm, aber als ich durch den Garten mit den gepflegten Hecken und Sträuchern ging, stellte ich fest, daß es klein, ja fast schäbig war. Neben der Klingel war ein Namensschild angebracht, dessen Schrift so stark verblaßt war, daß ich es nicht entziffern konnte. Ich hatte den Klingelknopf noch gar nicht berührt, da wurde die blaugestrichene Tür bereits geöffnet.

Der Mann war um die Fünfzig, klein, schmal und vollständig ergraut. Er deutete eine Verbeugung an und bat mich herein, ohne mir die Hand gegeben zu haben. Sein Haar war dicht und sehr kurz geschnitten. Er trug einen hellgrauen Anzug, ein weißes Hemd mit dezenter Krawatte und war barfuß. Seine Füße waren schmal und sehnig. Der Mann führte mich in ein Zimmer, in dem ein massiver Schreibtisch und zwei Holzstühle standen. Die Wände waren bis unter die Decke mit Regalen bedeckt. Es sah aus, als seien die Bücher nach der Farbe ihrer Umschläge eingeordnet worden. Die luftigen Gardinen waren geschlossen, und es herrschte ein diffuses, freundliches Licht. Das Fenster ging auf einen Park hinaus, dahinter konnte ich die Themse erahnen. Es war sehr still.

»Ich freue mich, daß Sie gekommen sind«, sagte er und setzte sich hinter das Pult auf einen knarzenden Ledersessel. Die Arbeitsfläche des Pultes war bis auf einen Umschlag und einen dicken, schwarzen Füller leer. Ich setzte mich auf einen der beiden Stühle, obwohl er mich nicht dazu aufgefordert hatte. Wir schwiegen bestimmt eine Minute lang. Während dieser Zeit studierte der Mann ohne jede Zurückhaltung zuerst mein Gesicht und danach meinen Körper. Da sein Blick nichts Aufdringliches hatte, ließ ich mir die Musterung gefallen und entspannte mich.

»Sie halten sich an Abmachungen, das ist gut«, sagte er schließlich. Seine Stimme klang heiser, aber er sah mich selbstsicher an. Wie ist es wohl, ein Mann zu sein? dachte ich. Als er mir seinen Namen nannte, war ich überzeugt davon, daß er log, und es war mir egal. Hätte er mich gefragt, wie ich heiße, hätte ich ihm meinen richtigen Namen genannt. Aber er fragte mich nicht.

»Sie sind also neugierig. Das ist gut. Ich bin es nämlich auch. Wer nicht neugierig ist, hat kein Verständnis für die Welt, in welcher Menschen mit Phantasie leben.«

Erwartete er, daß ich eine Frage stellte? Seine Hände erinnerten mich an die Hände kleiner Jungen, an die Hände von Stubenhockern. Er trug keinen Ring und keine Uhr, dafür hatte er ein schmales silbernes Kettchen am rechten Arm, das er immer wieder berührte. Neben dem rechten Auge hatte er eine sichelförmige Narbe. Seine Augen waren rehbraun. Was in den Köpfen anderer Menschen vorgeht, ist unergründlich. Es sei denn, sie erzählen es einem und lassen einen an ihrem Innersten teilhaben. Die Luft in dem Zimmer war stickig und roch leicht nach Schweiß und Erde.

»Das sollten Sie nicht tun«, sagte er und lächelte.

Ich sah ihn verständnislos an, und er beeilte sich, den Satz zu beenden:

»Sie sollten nicht derart häßliche Schuhe tragen.«

Er stand auf, ohne mich aus den Augen zu lassen, und kniete sich vor mich hin. Die Planken des Holzfußbodens waren voller Schrammen, wahrscheinlich von den Krallen eines Hundes. Der Mann nahm meinen rechten Fuß auf seinen Schoß und löste die Schnürsenkel. Dann zog er mir vorsichtig den Turnschuh aus, faßte die Spitze der Wollsocke und streifte sie über Knöchel und Ferse. Er hatte keine Eile. Seine Handgriffe waren präzise und geübt. Er nahm meinen nackten Fuß in beide Hände, als wolle er ihn schützen. Seine Hände waren warm, und ich schloß die Augen. Meine Fußsohlen schienen zu glühen, ich mußte mich beherrschen, sie nicht anzufassen und aufzustöhnen. Bevor er meinen Fuß freiließ, drückte er mir einen Fingernagel in die Haut der Sohle. Ich zog den Fuß

163

zurück und öffnete die Augen. Der Schmerz war nicht groß, sondern überraschend. Der Mann stand nun dicht neben mir, beugte sich über mich und strich mir beruhigend mit dem Zeigefinger über die Wange. Dann setzte er sich wieder hinter das Pult.

»Was erwarten Sie von mir?«

Meine Stimme klang unsicherer, als mir lieb war. Möchten wir nicht alle wissen, was wir für einen Eindruck auf andere machen? Wie wir auf sie wirken, wer wir für sie sind?

»Sie sollen die Hauptrolle in meiner Phantasie spielen.«

»Und wie sieht diese Phantasie aus?«

»Haben Sie Zeit?« fragte er.

Ich schwitzte, fühlte leichte Erregung. Der Mann sah gut aus. Und er wußte, was er wollte.

»Kommt darauf an, wann.«

»Jetzt. Jetzt sofort.«

»Ja«, sagte ich.

»Jetzt sofort und in ein paar Tagen.«

»In ein paar Tagen? Wann?«

»Das weiß ich nicht genau. Das kommt auf sie an.«

»Auf mich?« fragte ich.

Er schüttelte leicht den Kopf und deutete mit dem Kinn auf etwas, das sich offensichtlich hinter mir befand. Ich zögerte einen Augenblick, aber dann wandte ich mich um: Der linke Flügel einer weißgestrichenen zweiteiligen Tür stand offen, und ich konnte einen Ausschnitt des angrenzenden Raumes sehen. Auf einem hölzernen Schemel stand ein hohes Glas, das sich in der Mitte verjüngte. In dem Glas steckte eine Blumenzwiebel, aus der mehrere grüne Blätter wuchsen. Neben dem Schemel stand eine schwarze Ledertasche.

»Hyacinthaceae. Hyacinthus oder Hyazinthe«, sagte der Mann, »sie bestimmt den Zeitpunkt unseres nächsten Treffens.«

»Ich werde aber nicht mit Ihnen schlafen«, sagte ich, ohne nachzudenken.

Es dauerte einen Moment, bis ich begriff, daß er nicht lächelte, sondern daß ein winziges Zucken seine Mundwinkel bewegte. Letztlich war es diese Unsicherheit, die mich dazu brachte, sitzen zu bleiben. Er hatte sich sofort wieder in der Gewalt. Er lächelte abwartend. Jetzt hätte ich gerne mit ihm geschlafen. Plötzlich wünschte ich mir, diejenige zu sein, die ihn dazu brachte, die Beherrschung vollends zu verlieren. Ich wollte hören, wie er wie ein Junge stöhnte und murrte. Als sei ich die Frau Lehrerin, die Zensuren, Kopfnüsse und aufmunternde Worte verteilte wie Almosen.

»Ich möchte, daß Sie mir das hier vorlesen.«

Er schob den Umschlag über den Tisch. Seine Stirn glänzte. Er legte seine linke Hand über das Armkettchen wie ein Zauberer, der mir einen neuen Trick vorführen möchte.

»Hier?« fragte ich.

»Nein. Nicht hier. Kommen Sie.«

»Das ist alles? Sie wollen nur, daß ich Ihnen etwas vorlese?«

»Nein, das ist nicht alles. Sie lesen mir heute vor, was wir beim nächsten Mal Wirklichkeit werden lassen.«

»Und was bekomme ich dafür?«

»Das Geld liegt im Umschlag«, sagte er sanft.

»Wieviel?« fragte ich sofort.

»Ich vertraue darauf, daß Sie sich an meine Anweisungen halten werden. Kommen Sie.«

Er stand auf. Ich nahm den Umschlag vom Tisch und ließ mich von ihm in den angrenzenden Raum führen. Neben dem Schemel, der Pflanze und der Ledertasche stand nur eine Liege in dem kleinen Zimmer. Die Wände waren lindgrün tapeziert und leer. Die gläserne Lampe hatte die Form einer Blüte. Das Fenster ging auf eine verglaste Veranda, durch die Licht in das

Zimmerchen flutete. Da das Dach der Veranda heruntergezogen war, konnte ich nicht erkennen, ob nun die Sonne schien oder ob das Licht von einem Scheinwerfer stammte. Die Veranda war der reinste Dschungel: fleischige Blätter mit gezackten Rändern und in Lanzenform, armdicke Stengel, leuchtende Blüten. Der Mann legte sich wortlos rücklings auf die Liege. Die Hände hatte er vor dem Geschlecht gefaltet.

»Lesen Sie«, befahl er.

Bevor ich mich auf den Schemel setzen konnte, mußte ich das Glas mit der Pflanze auf das Parkett stellen.

»Seien Sie vorsichtig«, sagte er, »die Hyazinthe paßt sich zwar willig all unseren Wünschen an, will aber dennoch sorgfältig behandelt werden.«

Ich hielt den nackten Fuß in das Licht, das über den Boden fiel. Im Heizkörper hinter der Liege gluckste es. Mit einemmal wußte ich, woher der leichte Schweißgeruch stammte. Es waren die Füße des Mannes, die rochen. In dem Umschlag lagen fünf Hundert-Pfund-Scheine und ein Blatt Papier, das auf beiden Seiten mit Computerschrift bedruckt war. Der Mann hüstelte. Er hatte die Augen geschlossen, und ich fing an zu lesen.

Der Text war knapp und schmucklos. Hauptsatz reihte sich an Hauptsatz, und es waren kaum Kommata nötig. Der Drucker des PC hatte geschmiert, darum hingen Schattenfahnen an den Großbuchstaben. Beinahe jeder Satz endete mit einem Ausrufezeichen. Ich gab mir Mühe, langsam und deutlich zu lesen. Dem Mann war anzusehen, daß ihm meine Stimme gefiel: Er lächelte zustimmend, aber die Augen hielt er geschlossen. Was ich vorlas, beschrieb bis ins Detail, wie ich mich bei unserem nächsten Treffen zu verhalten hatte, was ich für Unterwäsche, Kleider und Schuhe tragen, wie ich mich schminken, frisieren und bewegen mußte. Ich hatte mich in der Caféteria der Whitechapel-Gallery an einen Tisch zu setzen und einen Campari-Soda zu trinken und ein Stück Mokkakuchen zu essen. Der Mann würde an einem Nebentisch sitzen, um mich zu beobachten und zu kontrollieren. Der Text vermied sexuelle Anspielungen und versetzte mich genau damit in Aufregung. Meine Stimme begann zu zittern, und das Lächeln des Mannes verschwand. Ich hatte mich erst bei den letzten Sätzen wieder im Griff. Der Mann würde mich nicht berühren, ja nicht einmal ansprechen. Er würde mich einzig und allein beobachten. Mein nackter Fuß glühte. In meinen Händen knisterte das Blatt Papier, und ich legte es auf den Boden.

Ich hatte den Text fehlerfrei und ohne zu stocken vorgelesen. Der Mann hatte sich nur einmal bewegt. Er war sich über die Stirn gefahren. Dann hatte er die Hände wieder über seinem Geschlecht gefaltet.

»Sehr schön. Danke«, sagte er, »ich möchte, daß Sie jetzt gehen. Vergessen Sie die Tasche nicht. Und die Wollsocke.«

»Und den Schuh«, sagte ich.

»Und Ihren grauenvollen Schuh, genau.«

»Die Pflanze nehme ich auch mit?« fragte ich vorsichtig.

»Die Hyazinthe nehmen Sie natürlich auch mit. Geben Sie acht auf sie. Und wenn sie blüht, rufen Sie mich an. Sofort. Dann ist es soweit.«

»Ich kann mit Pflanzen nicht umgehen«, sagte ich, »sie gehen mir ein. Immer.«

»Wenn man eine Aufgabe nicht wahrnimmt, ist es ausgeschlossen, daran zu scheitern. Aber Sie sind eine Frau, die eine Aufgabe wahrnimmt. Nicht wahr?«

Ich nickte, dabei hatte er die Augen noch immer geschlossen. Ich wartete einen Moment, aber da er sich weder rührte noch etwas sagte, ging ich. Um die Socke und meinen Schuh anzuziehen, setzte ich mich auf einen der Holzstühle im anderen Zimmer. Die Hyazinthe roch nach gar nichts. Das Glas war wunderschön und ziemlich schwer. Ich versuchte mir vorzustellen, was ein Taxifahrer von mir hielt, wenn ich mich mit der Blumenzwiebel in seinen Wagen setzte. Bevor ich das gelbe Haus verließ, trat ich leise an die zweiflüglige Tür. Der Mann lag jetzt auf dem Bauch. Er hatte beide Arme ausgebreitet. Was er murmelte, konnte ich nicht verstehen. Ich unterdrückte den Impuls, neben den Mann zu treten, mich über ihn zu beugen und so lange zu warten, bis er sich mir zuwandte. Dann würde ich ihn auf den Mund küssen. Ich sah ihm eine Weile zu, dann ging ich.

Als ich aus dem Garten auf die Straße trat, begann es zu regnen. Ich öffnete den Mantel und drückte die Hyazinthe an meinen Oberkörper. Ihre Blätter waren kühl und wächsern und von zarten Rissen bedeckt, die sich über ihre ganze Länge zogen. Ich faßte die Blätter immer und immer wieder an, ich konnte gar nicht anders.

Ich gab mir alle Mühe, die Hyazinthe zu vergessen, aber es gelang mir nicht wirklich. Ich stellte das Glas auf den Sims des Eckzimmers, das ich fast nie betrete und als Abstellkammer benutze. Aber ich sah immer wieder nach der Blumenzwiebel. Weil mir gefiel, wie sich die weißen Wurzeln im trüben Wasser bewegten, drehte ich das Glas hin und her, kippte es ab, hob es hoch. Schließlich saß ich vor der Pflanze auf dem Boden, die Knie an den Körper gezogen, den Kopf auf den Knien, und ließ gedankenverloren die Zeit verstreichen. Natürlich achtete ich darauf, daß die Wurzeln mit Wasser bedeckt waren, die Zwiebel aber trocken blieb.

Die Ledertasche hatte ich geöffnet, kaum hatte ich die Tür meines Appartements hinter mir geschlossen. Sie enthielt genau das, was in dem Manuskript beschrieben gewesen war: ein weißes Korsett, das den Busen stützte, aber nicht bedeckte, hautfarbene Nylonstrümpfe mit Naht, zehenfreie Pumps aus schwarzem Wildleder, ein graues, zweiteiliges Seidenkostüm, ein Fläschchen pflaumenfarbenen Nagellack, den dazu passenden Lippenstift sowie ein Rasierset, mit dem ich mir die Scham rasieren mußte. Das Kostüm hatte ich in meinen Schrank gehängt, alles andere legte ich in die Tasche zurück, die ich unter mein Bett schob.

Am dritten Tag fiel Schnee. Zuerst stand ich am Fenster meines Wohnzimmers, starrte in den Flockenwirbel und malte mit dem Zeigefinger auf die beschlagene Scheibe. Autos schlingerten im Schnee, auch an anderen Fenstern standen Menschen, verzaubert und in Erinnerungen vertieft wie ich. Am späten Nachmittag lag eine Schneedecke auf Häusern und Straßen, die in der Abendsonne leuchtete. Da stand ich aber längst am Fenster meines Eckzimmers und hielt beide Hände schützend über die Hyazinthe. Auf dem Rasen des Kensington Gardens liefen Spuren durcheinander, unter einem der Bäume stand ein Schneemann.

Am anderen Morgen war die Pflanze nicht mehr dieselbe, über Nacht war eine Traube grüner Triebe aus der Zwiebel gebrochen und hatte die Blätter auseinandergesprengt. Die Triebe waren etwa zwei Zentimeter lang und dunkelgrün gesprenkelt, ihre Köpfchen zweifach gekerbt. Die Triebe waren völlig geruchlos. Wenn ich die Traube aus Trieben, die vielleicht so groß war wie ein Männerdaumen, zusammenpreßte, quietschte sie. Von diesem Moment an ließ ich die Hyazinthe nicht mehr aus den Augen. Ich sagte alle Termine ab, trug einen Sessel in das Eckzimmer und setzte mich vor das Glas und wartete. Ich hatte die fixe Idee, daß ich auf gar keinen Fall verpassen durfte, wie die Hyazinthe blühte. Ich nahm sie mit ins Bad, stellte sie neben das Telefon, wenn es klingelte, auf den Boden, wenn ich auf der Toilette saß, und neben den Herd, als ich mir etwas kochte. Bevor ich mich schlafen legte, räumte ich mein Nachttischchen leer, um das Glas immer im Blick zu haben. Im Licht der Leselampe, deren verstellbaren Schirm ich bis dicht an die Pflanze herunterbog, glänzten die Triebe, als seien sie aus Wachs, das sich verformen ließ. Berührte ich die Triebe, quietschten sie, und durch die Wurzelfäden lief ein zartes Zittern.

Ich nickte bestimmt erst nach Mitternacht ein. Was mich am nächsten Morgen weckte, war der Geruch: Ich träumte von einer Wolke, die wie ein riesiges rotes Kissen auf mein Gesicht gedrückt wurde und mir den Atem nahm, so schwer und süß duftete sie. Ich nieste, fuhr hoch und bemerkte erst nach einer Schrecksekunde, daß die Hyazinthe blühte. Die rosa Blüten waren eine Enttäuschung, doch ihr Geruch war überwältigend und aufdringlich zugleich.

Ich wartete bis am Nachmittag, ehe ich den Mann anrief. Das war der Rest Entscheidungsfreiheit, den ich mir bewahrte. Die Hyazinthe hatte ich auf den großen Glastisch im Wohnzimmer gestellt. Ich konnte es nicht lassen, jedesmal an den glockenförmigen Blüten zu riechen, wenn ich am Tisch vorbeiging. Eine Weile trug ich das Glas mit der Hyazinthe sogar mit mir durch das Appartement, damit ich den Duft keine Sekunde vermissen mußte. Ich brachte die Pflanze nicht in Zusammenhang mit dem Mann, und natürlich war das falsch.

Um seine Nummer in Ruhe wählen zu können, stellte ich das Glas an seinen ursprünglichen Platz auf den Sims im Eckzimmer. Während es klingelte, versuchte ich, mir das Gesicht des Mannes vorzustellen. Aber es gelang mir nur, seine Haare vor mir zu sehen. Er hob ab, als ich schon nicht mehr daran glaubte.

»Pink Pearl«, sagte er, ohne zu zögern, »sie blüht. Nicht wahr?«

»Ja, sie blüht.«

»Mögen Sie ihren Geruch?«

»Ich liebe ihn.«

»Das ist gut. Das ist sehr gut. Wir sehen uns in zwei Stunden.«

»In zwei Stunden«, wiederholte ich mechanisch und spürte eine Panik, die sich so schnell in mir ausbreitete, daß ich mich hinsetzen mußte.

»Sie werden pünktlich sein, junge Frau. Und Sie werden tragen und sich verhalten, was und wie wir es vereinbart haben, nicht wahr?«

Ich schwieg. Plötzlich fand ich den Geruch, der in meinem Appartement hing, widerlich. Ich würde die Fenster öffnen, alle Fenster, bis die graue Winterluft in allen Zimmern stand, als wohnte ich im Freien.

»Haben Sie mich verstanden?« fragte er sanft.

»Ja«, sagte ich schnell und legte auf.

Die Pumps waren mir etwas zu groß, und es war nicht einfach, in ihnen zu gehen. Außerdem machte ich eine Laufmasche in die Ferse des rechten Strumpfes, als ich ihn mir über den Fuß streifte.

Ich tat, wie mir befohlen.

Ich wartete mehr als zwei Stunden in der Caféteria der Whitechapel-Gallery auf den Mann. Das Glas mit der Hyazinthe stand auf dem Tischchen vor mir und schien keinen der anderen Gäste zu interessieren. Als sich meine Erregung endgültig in Wut verwandelt hatte, verließ ich das Café unverrichteter Dinge. Die junge Bedienung, eine häßliche Narbe lief über die Stirn des Mädchens, holte mich erst an der Tür des Museums ein. Sie drückte mir die Hyazinthe in die Hand, ich hatte sie loswerden wollen, einfach nur loswerden.

Zwei Tage später besuchte ich meine Mutter. Wir hatten uns fast ein halbes Jahr nicht gesehen, und sie war sehr erstaunt über mein Geschenk. Nach dem Tee pflanzten wir die Hyazinthe in ihren Garten, der nicht größer war als das Zimmer des Mannes, in dem die Liege stand.

Das Unwetter hat sich verzogen, am Horizont taucht ein Streifen Tageslicht auf. Jetzt kann er den See als Schimmer zwischen den Hügelflanken liegen sehen. Er geht schnell und versucht, nicht an Xaver zu denken. Die Straße steigt steil an, das Viertel ist nicht wiederzuerkennen. Auf den Feldern, die sich früher zwischen den Bauernhäusern ausbreiteten, stehen jetzt Reihenhäuschen. Nirgendwo brennt Licht, in keinem Zimmer, keiner Küche. Was weiß Xaver von den Frauen? Er war nie verheiratet, hatte nie eine Freundin. Die Luft ist frisch, gibt ihm das Gefühl, noch stundenlang gehen zu können, ohne außer Atem zu geraten. Trotzdem kommt ihm die Strecke länger vor als damals. Als hätte sich der Hof von Anitas Eltern früher näher beim Dorf befunden, als habe er sich vor all den Neubauten mehr und mehr an den Waldrand zurückgezogen. Falls es den Hof überhaupt noch gibt.

Zwischen den Bäumen steht Bodennebel. Er hat die richtige Abzweigung verpaßt, das Sträßchen, das im Sommer staubte wie eine Sandpiste und dem tickenden Elektrozaun entlang auf das Gehöft zuführte. Das Licht am Horizont hat noch keine Kraft. Er hat Anita seit dreißig Jahren nicht mehr gesehen. Vor vierunddreißig Jahren haben sie miteinander geschlafen. Der Gang des Bauernhauses roch nach verwelkten Blütenblättern und den Äpfeln, die in einem Korb vor der Tür zur Kellertreppe standen. Aus dem Fensterchen von Anitas Zimmer sah man an der Scheune vorbei einen Zipfel des Sees. Die Bretter der Scheune waren silberfarben, verwittert. Manchmal schrien die Kühe, das Brummen der Melkmaschine ließ die Scheiben erzittern, und Anitas Windspiel aus Muscheln und Schneckenhäusern klirrte rhythmisch gegen das Glas. Aber in jener Nacht war das Vieh ruhig gewesen. Anita führte ihn durch das dunkle Haus, die Treppe hinauf. Erst in ihrem Zimmer machte sie Licht. Sie legte ›Aftermath‹ von den Rolling Stones auf und zog sich sofort aus, wobei sie sich verschämt abwandte. Ihre Haut war braungebrannt von all den Nachmittagen am See, sie bedeckte sein Gesicht mit ihren schweren schwarzen Haaren, als wolle sie nicht, daß er ihr Gesicht sah, als sie ihn schließlich vorsichtig in sich einführte. Er erinnert sich genau an den Song, der in jenem Augenblick lief, in dem er begriff, daß er zum ersten Mal in einer Frau steckte. Die erste Zeile von ›Out Of Time‹ hat sich so in sein Gedächtnis gebrannt, daß er sie niemals vergessen wird: ›You don't know what's going on‹.

Er bereut es, daß er die Zigaretten im Auto liegengelassen hat. Es ist nicht nötig, daß er den Hof findet.

Als er in jener Nacht erwachte, fiel ein Lichtkeil über Anitas Bett. Ihre Zimmertür stand offen, und er hörte Schritte auf der Treppe. Im nächsten Augenblick erschien Anitas Vater in der Tür. Sie lag schlafend und mit entblößten Brüsten am Rand der Matratze. Aber dafür war der Bauer, der mit seinen Kühen und Stieren im ganzen Land Preise gewann, blind. Er musterte den jungen Mann, der neben seiner Tochter lag, nickte nach einer Ewigkeit und zog leise die Tür ins Schloß.

Das Zimmer seines Vaters ist dunkel. Er denkt daran, ihn zu wecken, aber dann steigt er in sein Zimmer hoch. Der Himmel ist jetzt eine Spur heller, die Wolkenschlieren, die langsam vorbeitreiben, haben gleißende Ränder. Er versucht sich vorzustellen, wo sich Xaver befindet. Sieht ihn in einem Nachtzug sitzen und lächeln, weil er weiß, daß sich sein früherer Schulfreund in seinen Geschichten verirrt hat.

Der goldene Fisch

Sie steht am Fenster der Küche und sieht zu, wie sich ihr Mann bückt und mit beiden Händen im raschelnden Laub wühlt. Er lächelt, als sei er alleine. Aber sie sieht ihm an, daß er Theater spielt. Er weiß, daß sie ihn beobachtet. Bevor er in den Wagen steigt, dreht er sich plötzlich um und winkt ihr zum Abschied. Sie zögert, bevor sie ebenfalls die Hand hebt und lächelt. Der Fluß glänzt. Das Oktoberlicht ist weich und flach. Ihr Mann sagt etwas in die kühle Luft hinaus. Es ist ihr Name, den sie seinen Lippen abliest. Dann steigt er ein und fährt los.

Die Stille des Hauses ist trügerisch. Die Zweige der Apfelbäume bewegen sich. Wenn sie ihr Gewicht von einem Bein auf das andere verlagert, knarren die Dielenbretter. Auf dem Fenstersims liegen sieben tote Fliegen. Die verfärbten Blätter fallen wie Wassertropfen von den Bäumen. Die Vergangenheit ist düster und groß wie eine Kathedrale. Sie bleibt reglos stehen und erinnert sich an Dinge, die sie mit Grauen erfüllen, denn sie sind zu machtvoll für sie. Der Boden ist kalt, sie trägt weder Strümpfe noch Schuhe. Ihre Kleider liegen im Schlafzimmer in der oberen Etage auf einem Stuhl. Ihr Mann glaubt an das vollkommene Leben, glaubt an Liebe, Geborgenheit und Familie. Im Schlaf greift er wie ein Kind nach ihrer Hand, auf der Suche nach Beistand, vielleicht sogar Schutz. Wir blühen auf in der Aufmerksamkeit anderer Menschen, auch wenn wir es nicht wollen. Sie rührt sich nicht von der Stelle, obwohl jetzt ihre Tochter schreit. Sie hebt nicht einmal das Gesicht.

Das Kinderzimmer liegt über der Küche, in der sie steht. Das Schreien wird vorerst lauter und wütender, dann geht es über in trotziges Klagen. Sie hört, wie ihre Tochter zwischen den Heulstößen nach Luft schnappt. Trotzdem kann sie sich nicht vom Blick über Garten und Fluß lösen. Erst als das Telefon klingelt, setzt sie sich in Bewegung. Mittlerweile ist ihre Tochter verstummt. Das Telefon steht im Flur unter einem Spiegel, in dem sie sich unweigerlich betrachten wird. Sie fühlt sich wie ein Gast im eigenen Haus. Die Wolle des Läufers, der sie zu dem Möbelchen führt, auf dem der Apparat steht, ist warm. Sie zwingt sich, ihre Füße anzusehen, während sie abhebt. Die Steinmauer, die den Garten teilt, leuchtet im klaren Licht.

Sie hebt ab und erfährt, daß der Weg nun frei ist für ihr eigenes Ende. Haben wir nur eine Jahreszeit, einen einzigen langen Tag, und dann ist das Leben vorbei? Sie legt auf und geht aus dem Haus. Das Gras ist empfindlich wie Glas. Es knirscht unter ihren leichten Schritten. Bis sie am Ufer des Flusses steht, weint sie. Sie streckt ihr Kind in die Luft wie einen Gegenstand, der die Götter besänftigen soll. Die Götter, an die sie nicht mehr glaubt.

Am nächsten Tag brachte sie ihr Mann nach New York. Während der dreistündigen Fahrt saß sie im Fond des Wagens neben dem Kindersitz, in dem ihre Tochter abwechselnd weinte oder unbekümmert plapperte. Ihr Vater lag im Sterben. Und weil sie die einzige Verbliebene war, die ihn auf diesem letzten Weg begleiten konnte, reiste sie nach Frankreich, zurück ins Land ihrer Kindheit. Der Abschied von Mann und Tochter fiel ihr leicht. Sie war froh darüber, alleine unterwegs zu sein. Die Aufgabe, die ihr bevorstand, betraf nur sie.

Auf dem Flug über den Atlantik saß sie am Fenster. Der Platz neben ihr war leer, der Mann, der am Gang saß, in Papiere vertieft. Die Nacht vor dem Fensterchen, das von ihrem Atem beschlug, war ohne ein Licht. Die Geräusche in dem nur halb besetzten Flugzeug beruhigten sie. Über einigen Sitzreihen brannten Leselampen, sonst war es angenehm dunkel in dem Jet. Der Mann neben ihr hatte das Gesicht einer Taube. Er bewegte seinen Kopf ruckartig auf und nieder, während er ausgedruckte Zahlenkolonnen durchging. Er ließ sie in Frieden, ließ sie alleine mit ihrer Angst und Trauer. Vor ihr lag ein Papier, auf dem sie Dinge auflistete, die ihr gefielen und die sie, wenigstens für kurze Zeit, retteten:

Der Fluß vor unserem Haus
Meine Tochter
Das trockene Laub unserer Apfelbäume
Der Geruch eines Kartoffelfeuers
Gemähtes Gras
Das Vogelnest im Dach unserer Garage

Nach einer Weile gab sie auf. Sie zerknüllte die Liste zu einer Kugel und ließ sie zu Boden fallen. Ihre Fußsohlen brannten. Sie fühlte sich wie eine Gläubige, die sich mit nackten Füßen über glühende Kohlen auf ein Ziel zubewegte. Sie schloß sich in eine der Toiletten im hinteren Teil des Flugzeuges und weinte einige Minuten. Ihre Finger waren kalt und ohne Gefühl. Sie redete während des ganzen Fluges nach Paris kein Wort. Sie nickte, schüttelte den Kopf und machte Handzeichen, als sei sie stumm. Der Mann mit dem Taubengesicht sah sie besorgt an, vermied es aber, sie anzusprechen. Sie suchte Trost in den fürsorglichen Blicken der Hostessen. Als ihr eine der Frauen ein Glas Wein reichte, strich sie verstohlen über deren Handrücken. Die Haut der Frau war samtweich und heiß, als habe sie Fieber. Sie dachte nicht wirklich an ihren

Vater. Sie dachte daran, daß er jetzt also sterben würde. Es gelang ihr nicht, sich sein Gesicht so vorzustellen, wie es war. Selbst über die Farbe seiner Augen war sie sich nicht sicher. Sie hatte den Geruch seiner filterlosen Zigaretten in der Nase. Das Nikotin hatte sowohl Zeige- als auch Mittelfinger seiner linken Hand verfärbt. Auch seine Haare waren im Lauf der Jahre gelb geworden. Als er sie vor mehr als vier Jahren in Amerika besucht hatte, war ihre Tochter noch gar nicht geboren gewesen. Ihr Vater würde ihr Kind nie im Arm halten können. Ihr Mann hatte sich nicht verstanden mit ihrem Vater. Die zwei Männer hatten sich zehn Tage lang verbissen angeschwiegen. Der Husten ihres Vaters war unerbittlich, sein Lachen heiser. Schließlich hatte er sich freiwillig und kommentarlos auf die Veranda verzogen, wann immer er sich eine Zigarette ansteckte. Die Stummel schnippte er weit in den Garten hinaus. Wenn er auf der Veranda stand und rauchte, redete er mit sich selbst. Manchmal hatte er auch gelacht. Er bat sie um nichts. Er schrieb ihr keine Briefe und wies sie jedesmal, wenn sie ihn in Frankreich anrief, auf die hohen Gebühren hin.

In Paris nieselte es. Der Mann mit dem Taubengesicht hob ihre Tasche aus dem Gepäckfach. Sein Lächeln war freundlich und voller Sorge. Sie bedankte sich mit einem Kopfnicken. Der Mann war im Alter ihres sterbenden Vaters. Sie vermied es, direkt hinter ihm herzugehen. Er verschwand in der Menge. Ihr Anschlußflug nach Perpignan ging erst in zwei Stunden, und sie setzte sich in eine der Bars im Terminal. Vor den großen Scheiben schimmerten die Leiber startbereiter Flugzeuge. Sie trank mehrere Tassen Kaffee. Dann verwickelte sie die Frau, die neben ihr an der Bar saß und in einer Modezeitschrift las, in ein belangloses Gespräch. Sie hatte das Bedürfnis, einfache und klare Sätze in der Sprache ihrer Vergangenheit zu bilden. Die Frau machte ihr ein Kompliment, bevor sie sich verabschiedete: »Für eine Amerikanerin haben Sie ein sehr gutes Französisch.«

Auf dem kurzen Flug nach Perpignan schlief sie, die Wange an die kühle Scheibe gelehnt. Ihre Träume waren dunkel und undurchschaubar. Ihr Vater war schmal und weiß, nahezu durchsichtig. Sein Gesicht brannte, doch er lächelte großzügig. Er saß auf einem goldenen Stuhl und weigerte sich, sie zu erkennen. Er blutete aus einer Wunde an der Stirn, sie fing das Blut in einer Schale auf. Wollte sie es tatsächlich trinken? Der Schädel ihres Vaters war vollständig kahl.

Als das Flugzeug aufsetzte, schreckte sie hoch. Der Himmel war wolkenlos, die Luft lau. Sie konnte das nahe Meer riechen. Ein milder Wind trug vertraute Gerüche über den Parkplatz. Ihr Mietwagen war klein und rot. Bald verblaßte das Tageslicht, und die Dunkelheit brach herein. Die Straßen waren leer, die Dörfer, die sie durchfuhr, verlassen. Am Himmel hinter den Hügeln glühte der Widerschein von Perpignan. Sie kannte die Strecke auswendig, fuhr sie wie im Schlaf. Sie war davon überzeugt gewesen, diese Strecke ein für allemal hinter sich gebracht zu haben. War es Ausdruck des Scheiterns, nun nach Jahren zurückzukehren? Viele Häuser standen leer, zerfielen. Der Himmel war weit. Ein Baldachin, der sich mit ihren Atemzügen bewegte. Sie fuhr in die Dunkelheit eines Landes, das sie besser kannte als jedes andere. Alles war ihr vertraut: Hügel, Bergzüge und Felshänge, Häuserzeilen, Bäume, Gerüche und Farben. Vor einer Kirche lag ein Hund im Licht der einzigen Straßenlaterne. Ich bin die Nächste, dachte sie. Sie hatte keine Freunde mehr hier. Der Sterbende erwartete sie, sonst niemand. Sie fuhr durch das Dorf, in dem sie neunzehn Jahre lang ausgeharrt und gewartet hatte. Sie kam sich vor wie die Besucherin einer Strafkolonie. Die Häuser waren dunkel. Sie standen dicht nebeneinander. Die einzige Bar war bereits geschlossen. Wer konnte, hatte die Flucht ergriffen und die Alten ihrem Schicksal überlassen: verängstigt, verarmt und verstrickt in ihre Erinnerungen an vergangene Zeiten. Sie war neununddreißig und schläfrig. Wenn sie hier wieder wegfuhr, würde sie frei sein. Noch hatte sie nicht die Kraft, ihrem Vater gegenüberzutreten und beizustehen. Sie würde ihn am nächsten Morgen besuchen.

Sie hielt am Rand des Dorfes, vor dem Haus, in dem sie aufgewachsen war. Sie wußte, wo ihr Vater den Schlüssel verbarg. Der Garten war verwildert, das Feld dahinter nicht bestellt. Es gab weit und breit kein Hotel und keine Pension. Niemand sah ihr zu, wie sie das Haus durch den Hintereingang betrat. Sie ging gebückt und hielt den Atem an. In den kleinen Zimmern war es kühl. Sie machte alle Lichter an, auch das im Schlafzimmer ihres Vaters. Auf seinem ungemachten Bett lag ein dunkler Anzug, an der Schranktür hing ein gebügeltes weißes Hemd. Auf dem Kragen des Hemdes waren winzige Blutspritzer. Auf dem Nachttisch stand ein Glas von der Größe eines Fußballs. Zuerst glaubte sie, es sei leer, dann sah sie den Goldfisch. Er machte keine Bewegung und schien sie anzustarren. Sie ging aus dem Zimmer und warf die Tür hinter sich zu. Die Lichter ließ sie an. Ihr ehemaliges Zimmer war bis auf ihr schmales Bett und eine verdorrte Topfpflanze leer. Über dem Bett hing eine gerahmte Fotografie an der Wand: Sie saß auf einer Steintreppe und blickte zu ihrer Mutter auf, die mit einem Jo Jo spielte und den Fotografen anlächelte. Ihre Mutter war jung gestorben, sie hatte nahezu keine Erinnerung an sie. Die Fotografie war ihr fremd, dabei hatte sie sie vor Jahren selbst gerahmt und aufgehängt. Sie war ein dickes, häßliches Kind gewesen. Sie trug ein plumpes Kleid und eine Strickmütze, die ihr Gesicht noch dicker erscheinen ließ. Sie nahm die Aufnahme von der Wand und legte sie unter das Bett.

Sie ging von Raum zu Raum. Das Schlafzimmers ihres Vaters betrat sie nicht mehr. Das Haus war heruntergekommen und schmutzig. Im Eisschrank lag eine verschimmelte Wurst neben einer angebrochenen Packung Streichkäse. In der Spüle stapelte sich dreckiges Geschirr. Von den Wänden im Bad blätterte die Farbe, und über der Wanne blühte ein Mauerpilz an der Decke. Das Telefon stand im Wohnzimmer. Das Sofa war mit einem Stofftuch zugedeckt, aber sie setzte sich trotzdem darauf. Ihr Mann hob bereits nach dem vierten Klingeln ab. Seine Stimme klang unglücklich und besorgt, doch sie ging nicht darauf ein.

»Wie geht es ihm?«

»Nicht gut«, sagte sie, »es geht ihm schrecklich.«

»Wird er durchkommen?«

»Ich wohne hier in seinem Haus.«

»Willst du, daß wir rüberkommen?«

»Er hat einen Goldfisch.«

»Geht es dir gut, Catherine?«

»Nein. Nicht besonders. Und euch?«

Im Hintergrund war das Gequengel ihrer Tochter zu hören. Auf dem Fernseher ihres Vaters stand ein Kaktus. An der Wand hing eine billige Medaille, die sie noch nie gesehen hatte.

»Du fehlst mir«, sagte ihr Mann.

»Ihr fehlt mir auch.«

Auf der Medaille war der Kopf eines Schäferhundes abgebildet. Auf dem Fußboden stapelten sich alte Zeitungen und Illustrierte.

»Wirst du es überhaupt durchstehen? Ohne uns?«

»Ich schon«, sagte sie, »aber er nicht.«

»Was hast du gesagt?«

Der Teppich war schmutzig. Unter dem Schrank lagen Staubflocken. Hinter der Tür hatte die Tapete einen Riß. Sie hörte ihren Mann atmen. Ihr nackter Unterarm berührte den Stoff, der das Sofa bedeckte. Der Stoff war eiskalt. Sie zuckte zurück und stand auf.

»Ich liebe dich«, sagte ihr Mann.

»Paß auf dich auf«, sagte sie und legte auf.

Sie setzte sich in die Küche. Sie schloß die Augen und versuchte, an gar nichts zu denken. Später trat sie in den Garten hinaus, um den Gerüchen ihres Vaters zu entgehen. Es war vollkommen still. Der Himmel war bedeckt und ohne einen Stern. Das Unterholz, das den Garten begrenzte, war dicht wie eine Wand. Das Gras war feucht und lange nicht mehr geschnitten worden. Am Ende des Weges aus Steinplatten lag ein Spaten mit verrostetem Blatt. Sie nahm das Werkzeug in beide Hände und rammte es mit aller Kraft in die Erde. Der Spaten blieb für ein paar Sekunden stehen, dann fiel er langsam um.

Sie schlief auf dem Flur im oberen Stock. Sie schleppte die Matratze aus ihrem ehemaligen Zimmer und legte sie auf den Boden. Dann holte sie den Goldfisch aus dem Schlafzimmer ihres Vaters. Sie stellte das Glas neben das Kopfende der Matratze und legte sich hin. Sie war hungrig. Sie hatte sich nicht einmal die Hände gewaschen. Das einzige, das sie auszog, waren ihre Schuhe. Einmal fuhr ein Auto langsam an dem Haus vorbei. Die Scheinwerfer strichen über die Wände und den Goldfisch. Sie hatte weder die Gardinen noch die hölzernen Fensterläden geschlossen. Trotzdem war es stockdunkel in dem Flur. Die Dielenbretter knackten. Sie lag auf dem Rücken und hatte die Hände gefaltet, als bete sie. Doch das tat sie nicht. Sie dachte an gar nichts. Außer an ihren Vater.

Sie schlief.

Er schlief. Er lag alleine in einem Zweibettzimmer. Sie saß auf einem unbequemen Stuhl neben ihm und sah aus dem Fenster.

Eine Krankenschwester hatte ihr eine Tasse Kaffee gebracht. Die Schwester hatte darauf verzichtet, ihr falsche Hoffnungen zu machen. Das Fenster stand einen Spalt offen, und sie hörte Stimmen.

Die Sonne schien ihrem Vater ins Gesicht, und er erwachte, wobei er laut schmatzte. Sie hatte mehr als zwei Stunden neben ihm gesessen, ohne ihn zu wecken. Sie hatte seine Hand gehalten und leise auf ihn eingeredet. Aber da er nicht darauf reagierte, hatte sie schließlich damit aufgehört. Er öffnete die Augen und drehte vorsichtig den Kopf. Er lächelte.

»Mon père«, sagte sie und berührte seine Stirn.

»Ich komme hier nicht mehr raus«, sagte er.

Sie konnte ihm ihre Verzweiflung ansehen und bekam es sofort mit der Angst zu tun. Begriff sie erst jetzt, daß er wirklich sterben würde? Auf dem Nachttisch stand ein leeres Wasserglas mit verschmiertem Rand. Das Gesicht ihres Vaters war spitz, sein Blick unruhig.

»Ich sterbe«, sagte er mit fester Stimme.

»Du wirst wieder gesund. Und dann besuchst du uns in Amerika.«

»Ich hab schon genug gesehen.«

Die Haare auf seiner Brust waren weiß und naß vor Schweiß. Er strich sich mit der Hand über die Wange.

»Mein Mädchen fragt nach dir«, log sie leise.

»Zuviel«, fügte er hinzu und lächelte vage.

»Sie hat deine Nase. Genau wie ich.«

»Das Leben ist kein Traum«, sagte er.

Die Stunden vergingen, ohne daß sie es merkte. Sie saß den ganzen Nachmittag an seinem Bett. Sie war weder hungrig noch müde. Der Schlaf ihres Vaters war unruhig. Wenn er erwachte, schnappte er nach Luft und sah sich um. Dann nahm sie seine Hand und redete so lange auf ihn ein, bis er wieder eindöste. Seine Finger waren knochig und kalt. Wenn sie sicher war, daß er sie nicht mehr hören konnte, ließ sie seine Hand los und legte sie zurück auf die Bettdecke. Die Krankenschwestern weigerten sich, ihr Auskunft über seinen Zustand zu geben. Der Arzt, den sie auf dem Flur ansprach, war kaum älter als sie. Er musterte sie für einen Moment, bevor er antwortete:

»Es wird bald vorbei sein, Madame, leider.«

Er legte ihr eine Hand auf den Unterarm, aber er brachte es nicht mehr fertig, sie anzusehen. Sie blieben wie zwei Verwandte stehen, die nichts gemein haben als ihre Trauer. Der Arzt wirkte wie jemand, der dringend Trost brauchte.

Abends nahm ihr Vater ein paar Löffel Rinderbouillon zu sich. Seine Stirn glühte. Vor dem Fenster wurde es dunkel. Das Lächeln verschwand aus dem Gesicht ihres Vaters. Die Vögel verstummten. Was blieb, war das gleichförmige Rauschen des Verkehrs auf der Autobahn nach Spanien. Ihr Vater schien sie nicht zu hören. Sie sagte mehrmals seinen Namen, aber er reagierte nicht. Seine Brust hob und senkte sich kaum merklich. Sie blieb so lange bewegungslos bei ihm sitzen, bis ihr Nacken schmerzte. Zum Abschied küßte sie ihn auf den Mund. Seine Lippen waren so leblos, daß sie zusammenzuckte und sofort aus dem Zimmer ging, ohne sich noch einmal nach ihm umzusehen. Die Korridore waren leer und ruhig. Die Schwestern saßen in ihrem Aufenthaltsraum vor dem Fernseher. Sie lachten laut und bemerkten nicht, daß sie vor der offenen Tür stand und ihnen zusah.

Der Abendhimmel war hoch und von einem Blau, das sie an Amerika erinnerte. Sie dachte nicht an ihr Kind und nicht an ihren Mann. Aus einer offenstehenden Kirche fiel eine breite Lichtbahn auf das Trottoir. Die Luft war weich. Tauben flatterten vor ihr hoch. Sie aß in einem Bistro, das am Ende einer dunklen Gasse lag. Das einzige Fenster ging auf einen Innenhof, in dem Autos unter einer Platane standen. Das Bistro war beinahe leer. Sie saß am Fenster an einem langen Tisch. Der Kellner blätterte in einer Zeitung. Er ließ sich Zeit und sah sie mißmutig an, als er endlich vor ihr stand. Sie bestellte das Essen und den Rotwein, ohne den Mann anzusehen. Erst als er sich mit einer ironischen Verbeugung zurückzog, fiel ihr auf, daß sie wohl Englisch geredet hatte. Wind griff in die letzten Blätter der Platane. In einem Hinterzimmer klingelte ein Telefon, niemand hob ab. Der Mund des Kellners war klein, enttäuscht. Der Wein hatte keine Wirkung auf sie. Rasch trank sie drei Gläser und aß Weißbrot dazu. Worauf wartete sie? Ist es nicht immer der Zufall, der einen rettet? Als sie über der Vorspeise saß, erschien das Gesicht des Kochs in der Küchentür. Er sah ihr beim Essen zu, bis sie den Löffel weglegte und ihm zu verstehen gab, daß sie ihre Ruhe wollte. Zwischen den einzelnen Gängen gab es lange Pausen. Mittlerweile hatten mehrere Paare in dem Lokal Platz genommen. Stimmengewirr lag in der Luft. Sie stellte sich vor, sich gegen den Tod zu wappnen, indem sie jetzt möglichst viel aß. Ihr Vater hatte sie nur ein einziges Mal geschlagen. Sie konnte sich zwar nicht an den Anlaß erinnern, sehr wohl aber an seinen Gesichtsausdruck. Er hatte sich sofort bei ihr entschuldigt. Seine Hände waren klein und kraftlos. Und jetzt starb er.

Als er sie in Amerika besucht hatte, war ihr erstmals aufgefallen, daß ihr Vater ein ängstlicher, mutloser Mann war. Mit seinem schäbigen Koffer und dem abgetragenen Anzug wirkte er verloren wie ein Flüchtling, der durch die Ankunftshalle auf sie zugekommen war und unsicher gelächelt hatte. Er hatte ihr die Hand nicht anders gereicht als ihrem Mann, den er zum ersten Mal in seinem Leben sah. Bevor er in ihren Wagen einstieg, hatte sie ihn gegen seinen Willen umarmt und geküßt.

Während der gesamten Fahrt hatte er vom Flug erzählt, ohne auf die Fragen ihres Mannes einzugehen. Als sie vor ihrem Haus anhielten, war er ausgestiegen und hatte sich sofort eine Zigarette angesteckt. Er lobte ihren Garten. Zum Haus, das sie eben erst gekauft hatten, sagte er kein Wort.

Das Radio spielte leise. Einer der Gäste lachte. Gläser klirrten. Der Hinterhof lag verlassen im Licht einer Bogenlampe. Unter den Autos kauerten Katzen. Der Kaffee war stark. Als sie aus dem warmen Bistro in die kühle Nacht trat, fühlte sie Schwindel. Der Kellner hatte ihr unverschämt hohes Trinkgeld wortlos eingestrichen. Im einen oder anderen Café gab es noch Licht, saßen letzte Gäste. Sie lächelten ihr zu, doch sie wollte jetzt nicht Französisch sprechen. War sie für jemanden von Bedeutung, abgesehen von ihrem Kind, ihrem Mann? Die Straßen waren dunkel und leer. Tränen schossen ihr in die Augen. Die Scheinwerfer eines Motorrades sprangen über das Pflaster. Das Echo ihres Hustens war imposant. Ihr Vater brach das Brot in kleine Stücke, die er in seinen Wein tunkte. Er aß wie ein Bauer. Sie hatte sich dabei ertappt, daß sie beobachtete, wie er den Löffel in die Suppe tauchte, das Fleisch zerstückelte und laut schluckte. Ihr Mann hatte sein Schlürfen verabscheut, aber kommentarlos geduldet. Ihr Vater hatte ihr Essen über die Maßen gelobt und dabei das Messer abgeleckt und ihren Mann angesehen, als erwarte er eine Reaktion von ihm. Aber ihr Mann hatte geschwiegen. Daß er ihren Vater nicht mochte, sagte er ihr bereits in der ersten Nacht seines Besuches.

In der Scheibe eines Antiquitätengeschäftes erkannte sie, daß ihr Gesicht schneeweiß war. Sie sah aus, als sei sie soeben erwacht, als habe man sie aus einem Traum gerissen. Konnte sie es zulassen, eine alte Frau zu werden? Ich habe es noch nicht überstanden, dachte sie. Ich kann mich nicht aufgeben, noch nicht. Wir bringen uns nur auf Kosten anderer über die Runden.

Am anderen Morgen lag ihr Vater im Koma. Die Farbe des Himmels war ausgewaschen. Ihr Vater wehrte sich still. Jedenfalls war nichts von seinem Kampf zu bemerken. Sein Atem war schwach, aber regelmäßig. Das Licht war hart und grell. Ihr Vater war zäh, hartnäckig. Er reagierte weder auf ihre Worte noch auf ihre Berührungen. Es dauerte lange, ewig. Der Himmel änderte seine Farbe. Sie saß den ganzen Tag bei ihm. Sie betete nicht für ihn. Sie betete auch nicht für sich selbst. Die Schwestern kümmerten sich jetzt mehr um sie als um ihn. Er hechelte, er kämpfte alleine, genau wie all die Jahre zuvor. Seine Hände waren kalt, die Laken feucht. Er roch stark nach Tabak, als dünste sein Körper das Nikotin nun aus.

Niemals hätte sie verraten, was sie in den endlosen Stunden dachte, niemandem. Es dämmerte, als ihr eine Krankenschwester einen Teller Suppe und ein Glas Bordeaux brachte. Sie aß an der Seite ihres Vaters, dessen Atem sich beschleunigt hatte, als sei er auf der Flucht. Sie war gelassen und gefaßt. Sein Brustkasten war jetzt in Aufruhr, seine Lider flatterten. Aber seine Augen blieben geschlossen. In seiner Kehle rasselte Schleim, und sie klingelte nach einer Schwester.

Er hatte damals in dem Zimmer übernachtet, das heute das Zimmer ihrer Tochter war. Er hatte sich geweigert, seinen Koffer auszuräumen, und trug während der ganzen Zeit dasselbe Hemd. Den Koffer stellte er in den Schrank, genauso seine derben Schuhe. Das schmale Bett hatte er wie ein Soldat Morgen für Morgen abgezogen und neu gemacht. Das Zimmer wirkte unbewohnt. Bloß der schwache Geruch nach Tabak verriet die Anwesenheit ihres Vaters. Nach seiner Abreise fand sie mehr als achtzig Zigarettenstummel auf dem Fenstersims des Zimmers. Sie hatte die Stummel gezählt und dann verschwinden lassen, ohne ihrem Mann davon zu erzählen.

Die Krankenschwester fühlte seinen Puls und griff ihm dann entschlossen mit zwei Fingern in den Mund. Ihr Vater wehrte sich, und die Schwester löste sich schimpfend aus seiner Umklammerung. Dann ging sie aus dem Zimmer und ließ sie alleine. Er starb nicht, noch nicht. Er war nicht bereit, aufzugeben. Die Anstrengung, die ihn das Atmen kostete, war furchtbar. Sie wäre gerne weggegangen, blieb aber sitzen.

Um zwei Uhr morgens brannte nur noch das Licht im Aufenthaltsraum der Schwestern. Der Korridor war verlassen. Sie ging ein paar Minuten auf und ab, ihre Beine waren eingeschlafen. Sie trat vor das Hospital, um frische Luft zu schnappen. Der Parkplatz war leer, nur ihr kirschroter Mietwagen stand dort. Es regnete, die Luft war angenehm kühl.

Als sie das Gebäude wieder betrat, wußte sie sofort, daß er gestorben war. Zwei Schwestern liefen vor ihr durch den Korridor und verschwanden in seinem Zimmer. Jetzt war sein Gesicht ruhig. Sie küßte ihn auf die Stirn, seine Haut war warm. Die grauen Barthaare knisterten unter der Berührung. Die ältere Schwester drückte ihm die Augen zu. Es war vorbei, er hatte es geschafft. Sie weinte nicht. Wer konnte eine solche Strafe ertragen, und wer hatte sie verdient? Sie verließ das Zimmer erst, als sie dazu aufgefordert wurde.

Der Himmel war klar. Sie fuhr langsam in die Berge hoch und steuerte das Auto auf einen Parkplatz. Unter ihr breitete sich das Meer aus. Es lag vollkommen still. Sie war die Nächste. Als ihr bewußt wurde, daß sie sich nicht an die letzten Worte ihres Vaters erinnern konnte, begann sie zu weinen. Sie ging neben dem Mietwagen in die Knie und ließ ihre Stirn in das nasse Gras sinken. Sie kniete neben dem Wagen, bis es hell wurde.

Sie steht am Fenster seiner Küche und sieht einer Krähe zu, die durch das Laub hüpft und nach Würmern sucht. Die Möbel ihres Vaters hat ein Trödler abgeholt, das Haus hat sie einem Makler zum Verkauf übergeben. Die Fliesen des Bodens sind kalt. Sie hat ihrer Tochter von dem Goldfisch erzählt, nun soll sie ihn mit nach Hause bringen. Ihr Kind hat so lange gebettelt, bis sie genug hatte und den Hörer auflegte.

Der Fisch ist nicht länger als ihr Zeigefinger. Seine Flossen sind nahezu durchsichtig. Ihre fließenden Bewegungen ziehen sie minutenlang in ihren Bann. Der Fisch schwimmt im Kreis, bis er endlich im Schatten ihres Gesichts verharrt. Weiß er, daß er sterben wird?

Die Fotografie, auf der sie zusammen mit ihrer Mutter abgebildet ist, hat sie eingesteckt. Eigentlich wollte sie die Aufnahme verbrennen, genau wie all die anderen Fotos.

Sie gibt sich nicht die Zeit, ernsthaft über den Goldfisch nachzudenken. Sie hebt das Glas hoch und kippt das Wasser in den Ausguß. Der Fisch klatscht auf das Aluminium, das sie so lange gescheuert hat, bis es wieder glänzte. Er zuckt, als stehe er unter Strom. Seine Augen sind kreisrund, schwarz und groß. Jedesmal, wenn er in der Spüle aufschlägt, klingt es, als klatsche jemand. Es dauert bestimmt eine Minute, bis sie sich endlich rühren kann. Sie ist davon überzeugt, daß der Goldfisch sie anstarrt.

Sie packt ihn und steckt ihn sich in den Mund. »Das Leben ist ein Traum«, denkt sie. Das Gras ist mit gefallenen Blättern bedeckt, die unter ihren Schuhen knirschen. Der Fisch bewegt sich in ihrer Mundhöhle. Noch ist sie zu feige, ihn zu zerbeißen. Als sie das Ende des Gartens erreicht hat, breitet sie die Arme aus und schluckt den Goldfisch, ohne nachzudenken, hinunter. Sie wird ihn nach Amerika bringen.

MEIST MERKEN WIR erst, wie glücklich wir sind, wenn der Moment vorbei ist. Müdigkeit legt sich wie ein Mantel um ihn. Er tritt gähnend ans Fenster und stößt beide Flügel auf. Es ist kurz nach fünf. Die Vögel schreien so laut, daß er erstaunt den Kopf hebt und in den Himmel sieht. Bald fährt der Morgenzug vorbei. Er kennt die mißmutigen Gesichter, die sich hinter Zeitungen verstecken. Erste Autos sind unterwegs. Der Kirchturm wird zuerst von der Sonne getroffen; sein Dach leuchtet. Im Garten liegt die Heckenschere, die er gestern einfach fallen ließ, als er hinter Xaver herlief. Er kennt kein einziges Gebet.

Tumor. Das Wort stand zwischen seinen Eltern, hing in der Luft, als würde der Tumor verschwinden, wenn sie das Wort nicht aussprachen.

Er fragt sich, warum einen niemand auf diese Qualen vorbereitet. Und auch nicht auf die Traurigkeit, die er in den wenigen lichten Momenten, die seiner Mutter noch vergönnt waren, in ihren Augen gesehen hat. Damals hat er erkannt, was das Allerschlimmste ist, die Einsamkeit der Sterbenden, diese Einsamkeit.

Als seine Mutter vor mehr als sechs Jahren über Schmerzen in der Brust und Atemlosigkeit geklagt hat, war das nicht die Vergangenheit, die sich meldete, war es nicht wieder eine Lungenentzündung. Es war ihre Zukunft, die sich meldete.

Er sehnt sich nach Xaver, wie er sich früher nach seiner Frau gesehnt hat. Er muß mit ihm reden. Er klappt den Koffer zu und schiebt ihn unter das Bett. Auf seinem Pult liegt nur eine Geschichte, die er noch nicht gelesen hat. Sitzt Xaver wirklich in einem Nachtzug? Oder sieht er aus dem Fenster eines Flugzeuges, das eben auf einer Landebahn aufsetzt? Liegt er auf dem Bett eines Hotelzimmers und starrt an die Decke? Lehnt auf dem Balkon einer Pension und sieht über gepflegte Vorgärtchen hinweg in Wohnungen, in denen schon Licht brennt? Oder hockt er hier unten im Garten seines Vaters und verbirgt sich im Unterholz? Er wehrt sich dagegen, sucht aber trotzdem den Garten ab, bis ihn die Augen schmerzen. Dann setzt er sich.

Er könnte auch wütend sein auf Xaver.

Heute wird er nicht im Garten arbeiten. Er wird seine Frau und seinen Vater überraschen, wird mit ihnen nach dem Frühstück zum See hinunterfahren. Sie werden eine Rundfahrt mit dem Kursschiff machen und nebeneinander an der Reling stehen und über das Wasser sehen.

Mein Großvater war vierundachtzig, als er verschwand. Natürlich hätte uns auffallen müssen, daß er im Begriff war, sein Leben noch einmal zu verändern. Zuerst brachte er seinen Hund zum Tierarzt. Er hatte sich den schwarzen Labrador nach dem Tod seiner Frau vor zwölf Jahren angeschafft. Obwohl mein Großvater kein Wort Englisch sprach, hatte er den Hund, der in einem Korb neben seinem Bett schlief, Spike getauft. »Er war ja schon ziemlich alt«, sagte Großvater, als wir uns nach dem Hund erkundigten, »ich habe Spike einschläfern lassen.«

Bald darauf fing Großvater an, Dinge zu verschenken. Niemand, der ihn in seiner Wohnung im Stadtzentrum besuchte, kam mit leeren Händen zurück. Mein Großvater nötigte einem die Dinge regelrecht auf. Er verschenkte alles, er bestand darauf: Bücher, Schallplatten, Mäntel, Einstecktücher, Seidenkrawatten, Zimmerpflanzen, Teile des Tafelsilbers und sogar seine Briefmarkensammlung, deren Wert ein Fachmann allerdings weit tiefer einschätzte, als wir angenommen hatten.

Daß er mir sein altes Revox-Tonbandgerät schenkte, erstaunte mich nicht wirklich. Das Gerät, das senkrecht in der Bücherwand stand, seit ich mich erinnern konnte, und unter dessen Plexiglashaube sich die beiden großen Spulen drehten, hatte mich als Kind unglaublich fasziniert. Ich hockte vor dem Apparat und sah zu, wie das braune Band langsam von der einen Spule auf die andere lief, bis es endlich mit einem leisen Ratschen auslief. Daraufhin hatte sich die leere Spule noch eine

Weile weitergedreht, wobei das Ende des Bandes bei jeder Umdrehung der nun vollen Spule gegen ein Umlenkrad klatschte, bis sich das Gerät mit einem verschämten Klicken ausschaltete.

Ich besuchte meinen Großvater an einem regnerischen Sonntag Ende Mai. Es wurde Abend, bis ich endlich an seiner Tür klingelte, denn ich hatte den ganzen Nachmittag vertrödelt, damit ich nicht mit dem alten Mann in seinem muffigen Wohnzimmer sitzen und mir seine Geschichten von früher anhören mußte. Die Fenster des Treppenhauses standen offen, und der Wind rauschte in den Bäumen, der Regen prasselte auf das Vordach über dem Eingang. Es roch nach feuchtem Staub, Gras und Bohnerwachs. Es widerstrebte mir, noch einmal zu klingeln, obwohl sich in der Wohnung meines Großvaters nichts rührte. Aber dann wußte ich mit einemmal, daß er längst hinter der Tür stand und mich durch den Spion beobachtete. Erwartete er, daß ich ein zweites Mal klingelte? Mit der flachen Hand gegen die Tür schlug und besorgt seinen Namen rief? Ich blieb ruhig stehen, lächelte und sah knapp am glänzenden Knopf des Spions vorbei. Schließlich wurde der Schlüssel im Schloß gedreht.

»Rein mit dir. Ist offen«, rief mein Großvater.

Ich öffnete die Tür. Er wandte mir den Rücken zu, hatte bereits die Hälfte des langen Flures zurückgelegt. Seine Schlappen standen nebeneinander vor der Küchentür. Er trug Turnschuhe, mit denen ich ihn noch nie gesehen hatte. Die Schuhe waren lächerlich. Sie hatten eine klobige, gelbe Sohle, die sich wie Schaum um das blaue Obermaterial legte. Die Zungen der Schuhe waren dick gepolstert und so lang, daß sie beinahe den Boden berührten. Mein Großvater verschwand im Wohnzimmer, ohne sich nach mir umzusehen. Ich hörte, wie er sich in einen der beiden Sessel fallen ließ und eine Flasche entkorkte.

»Auch einen?« fragte er und hielt eine Flasche Williams in die Höhe.

Ich stellte mir vor, was mein Vater in meiner Situation sagen würde, hielt darum den Mund, nickte und setzte mich in den anderen Sessel. Mein Großvater füllte das Gläschen, das auf dem Rauchtisch stand, und trank es in einem Zug leer.

»Hab nur noch eins«, sagte er und füllte das Glas sofort wieder auf.

»Kein Problem«, sagte ich.

»Trink!« befahl er und sah mir zu, wie ich das Glas vom Tisch nahm und daraus trank.

Mein Großvater war unrasiert, er sah jünger aus als je zuvor. Sein Blick war spöttisch, sein Gesicht braungebrannt. Abgesehen von den Sesseln und dem Rauchtisch war das Wohnzimmer völlig leer.

»Wo sind deine Sachen?« fragte ich.

»Weg.«

»Was weg?«

»Na verschenkt. Und das dort gehört dir.«

Er deutete durch die offene Tür des Schlafzimmers. Das Revox-Tonband stand neben dem Bett, die Kabel, sorgfältig gerollt, lagen davor.

»Geht es dir gut?« fragte ich.

»Bestens«, sagte er knapp.

»Aber du brauchst das Revox nicht mehr?«

»Es hat dir doch immer gefallen«, sagte er.

»Es gefällt mir immer noch.«

»Na siehst du«, sagte er und erhob sich.

Er stand in der Schlafzimmertür, als ein Blitz die düstere Wohnung erhellte. Ich sah Großvater an, daß er wie ich die Sekunden zählte, bis der Donner folgte. Das Krachen schien aus dem Treppenhaus zu kommen und durch den Flur auf uns zuzurollen.

»Wurde langsam Zeit«, sagte mein Großvater und gab mir

mit einem ungeduldigen Handzeichen zu verstehen, daß ich ihm folgen sollte.

In seinem Schlafzimmer roch es nach Apfelsinen. Auf dem Doppelbett lagen ein brauner Schlafsack und eine Landkarte, die er so zusammengefaltet hatte, daß er sich ein bestimmtes Gebiet genauer ansehen konnte. Die Jalousien waren geschlossen. Mein Großvater griff an mir vorbei und drehte das Licht an.

»Du mußt es aber gleich mitnehmen«, sagte er.

»Ich hab doch gar keine Bänder.«

»Dann kauf dir welche.«

»Für ein Spulentonband? Die gibt's doch gar nicht mehr«, behauptete ich.

»Du willst es also nicht«, stellte er fest.

»Quatsch! Logisch will ich es.«

»Außerdem ist ja ein Band dabei«, sagte er.

Tatsächlich waren eine volle und eine leere Spule in das Gerät eingelegt. Und auch das Band war eingefädelt. Großvater hatte mir als Kind beigebracht, wie man es durch all die Umlenkköpfe und Tonabnehmer führte und danach weder zu straff noch zu lose spannte. Ich ging vor dem Gerät in die Knie und strich mit zwei Fingern über sein Gehäuse.

Als ich den Kopf hob, bemerkte ich das Regalbrett. Es war auf Brusthöhe angebracht und lief dort, wo früher der Kleiderschrank gestanden hatte, über die ganze Länge der Wand.

»Was hast du mit deinen Kleidern gemacht?« fragte ich.

»Verschenkt.«

»Alle?«

»Um mich braucht sich niemand Sorgen zu machen.«

Ich schob meinen Großvater beiseite. Auf dem Brett lag ein Gegenstand neben dem anderen aufgereiht: mehrere Steine, Holzstücke, Muscheln und Schneckenhäuser, zwei Vogelfedern, ein Knochenstück, in dem eine Reihe spitzer Zähnchen steckte, ein roter Plastiklöffel, ein Handschuh aus braunem Leder und ein schmutziger Kamm.

»Was ist das denn?« fragte ich.

»Meine Sammlung.«

»Deine Sammlung«, wiederholte ich.

»Von meinen Wanderungen.«

»Und was machst du mit deiner Sammlung?«

Mein Großvater sah mich voller Mitleid an. Oder war es Mitgefühl? Er nahm mich am Arm und wollte mich aus dem Schlafzimmer ziehen, aber ich blieb stehen.

»Was du damit machst!«

»Zurückbringen«, sagte er leichthin.

»Zurückbringen? Wohin?« fragte ich.

»Na dorthin, wo ich die Stücke gefunden habe.«

»Du willst doch nicht etwa behaupten, daß du von jedem Ding hier weißt, wo du es herhast!«

»Na du mußt es ja wissen«, sagte er schnippisch.

»Was ist zum Beispiel mit dem hier«, sagte ich und zeigte auf den letzten Gegenstand der Reihe, einen ovalen sandfarbenen Stein mit einer tiefen Einkerbung.

»Ebensee, Salzkammergut«, sagte er wie aus der Pistole geschossen.

»Und warum liegt er am Ende der Reihe?«

»Weil ich ihn zuletzt gefunden habe. Auf dem Feuerkogel. 16. Juli 1989. Die letzte Reise, die ich mit Elsbeth gemacht habe.«

»Und den bringst du zuletzt zurück oder zuerst?«

»Komm jetzt. Ich hab nicht den ganzen Abend Zeit.«

»Jetzt sag schon. Zuletzt oder zuerst?« sagte ich.

»Zuletzt natürlich«, sagte er.

Er machte das Licht aus und ließ mich allein mit seiner

Sammlung und dem Revox-Tonbandgerät, das seither auf dem Regal in meinem Arbeitszimmer steht und auf dem ich mir den alten Jazz anhöre, den mein Großvater auf das Band überspielt hat. Ich hatte immer angenommen, daß er Jazz nicht mag …

Wann genau mein Großvater verschwand, wissen wir nicht. Sein Nachbar rief mich jedenfalls am 17. Juli an: Großvater war seit Tagen nicht mehr gesehen worden, außerdem blieb die Zeitung, die er abonniert hatte, im Hausflur liegen. Da meine Eltern in den Ferien waren, mußte ich mich darum kümmern. Der Hausmeister, der mir und den beiden Polizeibeamten die Wohnung meines Großvaters öffnete, blieb im Treppenhaus stehen. Er weigerte sich, die Wohnung zu betreten, er rechnete mit dem Schlimmsten, und das tat ich auch.

Die Wohnung roch ungelüftet. Im Wohnzimmer brannte Licht, auf dem Küchentisch lag ein benutzter Löffel neben einem Teller kalter Suppe, aber mein Großvater war verschwunden. Natürlich sah ich auch im Schlafzimmer nach: Das Regalbrett war leer. Nichts war mehr da. Dann fiel mir der Stein ein, den er in Ebensee im Salzkammergut gefunden hatte.

Ich fuhr am nächsten Tag mit dem ›Wienerwalzer‹ bis Salzburg, dort stieg ich in einen Regionalzug um, der mich nach Ebensee brachte. Über dem See und zwischen den Bergen stand Nebel, die Regenwolken hingen tief zwischen den Häusern der kleinen Stadt. Es roch nach Kohle und nach dem flaschengrünen Wasser des Sees, an dessen Ufer trotz des Niesels Rentner saßen und auf etwas zu warten schienen.

Gleich im ersten Hotel, in dem ich nachfragte, hatte ich Glück. Der Wirt ›Zur Post‹ holte einen handlichen Lederkoffer aus dem Büro. Mein Großvater hatte zwei Tage in dem Hotel gewohnt, am 16. Juli hatte er dann darum gebeten, den Koffer deponieren zu dürfen, bis er von seiner dreitägigen

Bergtour zurück sei. Ich mußte mich ausweisen, sonst hätte mir der Wirt den Koffer meines Großvaters nicht ausgehändigt. Er war leicht, trotzdem schnitt mir sein Griff in den Handballen, als ich ihn quer durch die Gaststube trug, wo ich am Ecktisch ein Gösser-Bier trank, bevor ich ihn öffnete. Der Koffer enthielt zwei karierte Flanellhemden, saubere Unterwäsche und Strümpfe, eine dunkelblaue Hose, einen Rasierpinsel aber keine Klinge, Zahnbürste und Zahnpasta sowie ein Blatt Papier, das auf beiden Seiten dicht beschrieben war. Die Handschrift meines Großvaters war sauber, aber so klein, daß ich sie kaum entziffern konnte:

Gygax stand im leichten Schneegestöber des 3. Januars, den Bahnhof im Rücken, und wußte nicht, was er mit den Gefühlen anfangen sollte, die ihm Tränen in die Augen trieben. Er umklammerte die Griffe seiner Lederkoffer und drehte sich einmal um die eigene Achse, grad so wie es die Blechmänner taten, mit denen er sich früher so gerne abgegeben hatte: Er hatte sie an ihren Rückenschrauben aufgezogen und dann auf den Riemenboden im langen Gang gestellt, damit sie losmarschieren konnten, bis sie gegen die Tür stießen, einen Moment am Ort traten und sich dann umwandten und wieder auf ihn zukamen, langsamer nun. Gygax drehte sich noch einmal, den Kopf im Nacken, weil er wollte, daß ihm die Schneeflocken die Hitze hinter der Stirn kühlten. Sollte er dem See zu oder doch direkt ans Städtchen, hinein in die Gassen und hinauf zum Schloß? ›Du wirrst doch nicht etwa deine frühere Tour vergessen haben?‹ dachte er, deine Abendrunde, die dich nach Feierabend vom Tor der Schlosserwerkstatt zuerst durch das Gassengewirr führte, dann an den Ecktisch des ›Hirschen‹ und schließlich zum Schloß, von dessen Zinne du jeden Abend eine Weile auf den See hinausgesehen hast, bis du endlich über die gewundene Treppe hinuntergestiegen bist.

Gygax lachte. Dann stellte er seine Koffer ab, schlug den Man-
telkragen hoch und machte sich auf den Weg zum See. Gut dreißig
Jahre war es her, daß er die Stadt verlassen hatte – für immer, wie
er sich damals schwor, für ewig und immer. Verschmähte Liebe
läßt Männer und Frauen rund um die Welt vor sich selbst fliehen,
weil sie vergessen wollen, was nicht zu vergessen ist. So war er
nach Norwegen geraten; Kristiansand lag an der Küste, und
wenn Gygax an seinem Küchentisch saß sah er über den Hafen
und die Hafenmauer, die sich weit ins Meer hinausschwang.

Die dreißig Jahre waren keineswegs im Flug vergangen. Und
auch das Gesicht der Frau, die nichts von ihm wissen wollte, hatte
er nicht vergessen. Überhaupt waren es Gesichter, an die er sich
erinnerte: Die Mutter sah er vor sich, den Vater und die Schwe-
ster, aber auch das Gesicht des Meisters in der Schlosserei oder
den kahlrasierten Schädel des Offiziers. Gygax war ein Mann,
der sich seine Sentimentalität nicht eingestehen wollte: Dachte er
in Norwegen an früher, ging er in den Schuppen, nahm das Beil
und spaltete Holz, bis ihm die Anstrengung jede Erinnerung aus
dem Schädel getrieben hatte. Die wenigen Briefe, die er in die
Schweiz schickte, waren knapp gehalten und gaben nichts preis
von seinen Sehnsüchten. In dieser Sylvesternacht freilich war er
kurz vor Mitternacht vor sein Haus getreten, weil ihm mit einem-
mal war, am Horizont erscheine das Schloß und sein Städtchen
aus dem norwegischen Schneegestöber. Und so hatte er sich auf
die Reise gemacht, zurück an den See seiner Jugend. Als er am
Abend des 3. Januars auf dem Platz vor dem Bahnhof stand,
schneite es, wie es bei seiner Abreise vor vielen Jahren auch ge-
schneit hatte. Er hatte plötzlich ein anderes Ziel: Nicht den See
wollte er zuerst sehen, sondern das Haus, in dem damals die Frau
gelebt hatte, deren Gesicht er auch nicht vergessen konnte, wenn
er nächtelang Holz gespaltet hatte. Gygax ging nicht, Gygax kam.

Die Rückseite des Zettels war mit derselben strengen, kleinen Handschrift meines Großvaters beschrieben:

Gygax schwitzte. Die Sonne stand derart tief in seinem Rücken, daß der Schatten der Linde die Gartenwirtschaft verdunkelte. Kühl war es um diese Stunde an den Blechtischen, das wußte Gygax und sah den Lehrer und die zwei Metzger hinter ihrem Bier sitzen, die Köpfe eingenebelt vom Rauch ihrer Zigarren. Gygax spürte, daß man ihn beobachtete; auch der Wirt, er stand in der Tür seiner Beiz, sah ihm bei seiner Abreise zu und tat doch, als blicke er bloß in den Himmel, an welchem Wolkenschiffe trieben. Gygax stand mitten in der Sonne und gab die Griffe seiner Koffer nicht aus der Hand. Reglos stand er, als sei er festgewachsen. Er wollte sich die Zeit nehmen, um sich ein letztes Mal den Häuserkranz anzusehen, der sich um den Dorfplatz schloß; die tiefgezogenen Dächer und die Fensterchen, die ihn schon bei seiner Ankunft vor gut zwei Jahren an Schießscharten erinnert hatten. Dafür mußte Zeit sein. Und so drehte er den Kopf hierhin, dann dorthin und sah sogar das Pflaster an, die groben Kopfsteine und das Schaufenster der Metzgerei, am Ende der Straße, die auch ihn bald talauswärts führen würde. Niemand sollte glauben, er habe es eilig. Er war nicht auf der Flucht, er reiste nur ab, fuhr weg für immer. Der Schweiß rann ihm in den Kragen seines Hemdes und dann über die Brust, ein dünnes Rinnsal, das er in seiner Phantasie zum Bach machte. Zum Bach, der alles mitriß, talab riß: das Dorf und den Lehrer, die beiden Metzgerbrüder und den Wirt. Später würden die vier Männer Karten spielen und den ersten Kaffee-Schnaps bestellen, weil es kühl wurde im Schatten, der langsam über den Platz kroch. Gygax stand noch immer in der Sonne, die Koffer in der Hand. Bärlocher, der Fahrer des Postbusses, faltete die Zeitung zusammen und umfaßte das Steuerrad. Am Fuß der

Felswand, die zum Großen Haublitz führte, roch es um diese Jahreszeit nach Bärlauch, daran mußte Gygax plötzlich denken. Nach Bärlauch duftete es dort, was ihn wiederum an eine ganz bestimmte Küche denken ließ und an einen Teller dampfendheißer Suppe, die sie ihm gleich nach dem Bärlauchsalat aufgetragen hatte. Bärlocher hupte und begriff sofort, als Gygax abwinkte. Er ließ den Motor an und fuhr los, talwärts und ohne einen einzigen Passagier. Erst in der Ebene unten würde er die erste Fahrkarte verkaufen und seine Dienstmütze aufsetzen. Gygax sah dem Postbus nach. Es fehlte wenig und er hätte gewinkt, die Hand gehoben und zum Abschied gewinkt. Aber war nicht er es, der abreiste? Gygax trat aus der Sonne und machte sich auf den Weg. Seine Lederkoffer ließ er stehen, mitten auf dem Platz, sein ganzes Hab und Gut. Er ging über den Platz, und man sah auf den ersten Blick, er hatte ein Ziel. Keine halbe Stunde später stand Gygax am Fuß des Großen Haublitz. Ja, es roch nach Bärlauch, ganz intensiv roch es nach Bärlauch. Gygax zog seine Schuhe aus und die Socken auch. Dann stieg er in die Wand ein und machte sich auf den Weg in die Abendsonne, welche die Felskanzel am Gipfel leuchten ließ wie die Goldkrone im Mund des Lehrers.

Ich blieb vier Tage im Hotel ›Zur Post‹, aber mein Großvater kehrte nicht zurück. Schließlich alarmierte ich die Polizei und fuhr nach Hause.

Mein Großvater ist nie gefunden worden. Sein Rucksack lag im oberen Drittel des Feuerkogels in einem Kiefernwäldchen. Bis auf ein verschimmeltes Brot, zwei Dosen Corned Beef, eine Thermoskanne Kaffee und seinen Führerschein war der Rucksack leer, wie mir der Beamte der Gendarmerie versicherte, der mich Anfang August aus Ebensee anrief.

Ein halbes Jahr später erhielt ich ein Päckchen, das in El Homr in der algerischen Wüste aufgegeben worden ist, wie der verwischte Poststempel verriet. Das Paket enthielt einen Stein. Er hat die Farbe von gebrannter Caramelcreme, nachgedunkelte Kanten und war in ein Blatt Papier gewickelt, auf dem nur eine Zeile stand: »Ich hab eine neue Sammlung angefangen, Dein Ätti.« Der Stein paßt mir so perfekt in die Hand, daß ich ihn kaum mehr aus den Fingern gebe.

Er braucht einen Moment, bis er begreift, daß das Telefon klingelt. Ist er tatsächlich eingenickt? Draußen ist es hell. Der Himmel ist leer, noch ohne richtige Farbe, bleich. Er zögert, dann springt er auf und läuft die Treppe hinunter. Ist sein Vater schon wach? Oder hat er, wie fast jede Nacht, gegen Morgen eine Schlaftablette genommen?

»Ja bitte?« sagt er und räuspert sich, weil ihn seine belegte Stimme erschreckt.

»Na, Eusebio, nicht im Bett?«

Eusebio. Vierzig Jahre lang hat er den Namen nicht mehr gehört. Er sieht sich über den Fußballplatz hinter dem Schulhaus laufen, den braunen, hartgepumpten Lederball am Fuß, »spiel endlich ab!« rufen die anderen, »jetzt mach schon, Eusebio! Mach!«. Sieht das Fußballerbildchen seines Lieblingsspielers vor sich, das er gleich siebenfach besaß.

»Bist du taub oder was? Hallo, Eusebio!«

»Xaver?« fragt er.

»Und? Gefallen dir meine Geschichten?« fragt der Apotheker.

»Ob du das bist!«

»Wer denn sonst. Und? Was sagst du zu meinen Geschichten?«

»Wir müssen uns sehen«, sagt er.

»Ob dir meine Geschichten gefallen, will ich wissen.«

»Zuerst sagst du mir, wo du bist.«

»Wo ich bin? Weg!«

»Ich war überhaupt nicht verliebt in deine Mutter«, sagt er und hängt ein Lachen an, weil ihm der Satz zu gewichtig erscheint.

»Und Hyazinthen hast du auch keine. Oder doch?«

Xaver lacht auf, dann schweigen sie. Sonne fällt durch das Küchenfenster. Wäre er ein Hund, würde er sich jetzt in das Quadrat aus Sonnenlicht legen, das auf dem Boden des Flures erscheint. Hört Xaver seinen Atem? So, wie er seinen hört?

»Die Zeit ist viel zu schnell vergangen, was?« sagt Xaver.

»Allerdings«, antwortet er.

»Aber es waren auch gute Jahre, nicht?«

»Du redest wie ein alter Mann«, sagt er unsicher.

»Wir sind dreiundfünfzig«, stellt Xaver fest.

»Ich weiß. Was hast du eigentlich gesagt, bevor der Zug losgefahren ist?«

»Nichts. Ich hab gar nichts gesagt«, antwortet Xaver.

»Doch, hast du. Vier Wörter.«

»Du kannst mich mal«, sagt Xaver schnell.

Sie schweigen einen Moment. Im Zimmer seines Vaters ist es immer noch ruhig. Vor dem Haus fährt ein Zug vorbei, und er nimmt den Hörer vom Ohr, damit Xaver ihn ebenfalls hören kann.

»Das Steuerrad gefällt mir«, sagt er, als der Zug vorbei ist.

»Was für ein Steuerrad?« fragt Xaver und lacht.

»Von Frauen hast du jedenfalls keine Ahnung.«

»Ganz im Gegensatz zu dir, was! Wo ist eigentlich deine Frau?« fragt Xaver.

»Und wo bist du?« gibt er zurück.

»An der Sonne«, antwortet Xaver nach kurzem Zögern.

»In Barcelona?«

»Und wenn?«

»Du bist also in Spanien!«

»Bin ich nicht, nein«, behauptet Xaver.

»Oder in Portugal?«

»Wer sagt denn, daß ich in Europa bin, Eusebio?«

»Ich hab immerhin deine Geschichten gelesen, Xaver.«

»Eben. Mit Europa hab ich mich lange genug beschäftigt. Europa hab ich hinter mir.«

»Vielleicht hockst du ja in einem Hotelzimmer im Nachbardorf«, sagt er.

»Vielleicht.«

»Mit einem Stapel Landkarten. Amerika. Asien. Australien.«

»Wer weiß. Ein lebender Hund hat es jedenfalls besser als ein toter Löwe, oder etwa nicht?« antwortet der Apotheker leise.

»Was?«

»Vorbei ist vorbei. Mach's besser, Eusebio.«

»Was? He! Xaver!«

Aber der Apotheker hat bereits aufgelegt.

Er steht unschlüssig im Flur. Er kann nicht glauben, daß Xaver die Verbindung unterbrochen hat. Aber schließlich begreift er, daß das Telefon nicht mehr klingeln wird, und geht langsam die Treppe hoch. Die Luft in seinem Zimmer ist stickig. Jetzt ist die Oberfläche des Sees geriffelt. Sie sieht aus wie die Wellblechplatten, mit denen man Werkzeugschuppen deckt und die im Wind klappern, als wollten sie beim erstbesten Sturm über die Hügel fliegen. Das Sonnenlicht flutet über den Rasen, den er irgendwann mähen muß.

Später hört er, wie sein Vater sein Zimmer öffnet; er hustet und redet leise mit sich selbst, während er mit vorsichtigen Schritten durch den Flur geht und die Küche betritt. Töpfe klappern, er hört das Fauchen des Gasherdes, Radiomusik.

Er bleibt sitzen, bis er dem Geruch nach Kaffee und gebrate-
nem Speck nicht mehr widerstehen kann. Bald kommt seine
Frau; er wird ihr von Xaver erzählen, aber den Koffer und die
Geschichten wird er ihr ziemlich sicher verschweigen. Über
dem See flirrt die Luft, was ihn an die Augenlider seiner Tochter erinnert, wenn sie als Baby in seinen Armen lag und erwachte. Ihre Lider zitterten und flatterten, als wehre sie sich
dagegen, ihn und die Welt wahrzunehmen. Sonne fällt in das
Waldstück am Ufer des Sees, streift durch die gestaffelten
Stämme wie durch die Säulen eines Kirchenschiffes.

Er steht auf und knallt mit dem Kopf gegen den Balken – genau wie früher, als Xaver in ihrem Garten stand und nach ihm
rief und er schnell vom Fenster zurücktrat, damit Xaver nicht
sah, daß er sich vor ihm versteckte ...

Inhalt

– Copany, Donegal –
November 1996 bis November 2000